双葉文庫

とっても不幸な幸運

畠中恵

とっても不幸な幸運

目次

序章

『酒場』は新宿に古くからある店だった。

だが店の名は、世間にほとんど知られていない。駅の東口、伊勢丹デパートからさほど遠くない辺り、周りを同じようなビルに囲まれた建物の地下一階で、地味に営業している。うまくたどり着けた者は、ドアにひっそりとした感じで書かれた、小さな店名を見ることとなる。

『酒場』

酒場に『酒場』という名を付けるなど、ひねくれ者の証拠だと客らは言う。その話を、オーナー店長が気にしているようすは、全くなかった。いつもシャツは白、他の服は黒と決まっている店長は、客に『店長』とだけ呼ばれている。店長は店長であって、それ以外の名を必要としていないからだ。

だが『酒場』ではどういうわけか、店長の本名を知っている客だけが、常連として残ってゆく。ビルは既に二度建て直されて新しくなっているが、客は古参が多い。結構広い店内は、客らが禁煙という二文字を店の外に蹴飛ばしているおかげで、紫煙《しえん》の中にあった。そこに、むさ苦しい男たちの顔が並んでいる。

「店長は大男のくせして、寂しがりやだ」

そんなことを言う客は少ない。店長に聞かれると、ぶん殴り合いになると心得ているからだ。

まずいことに三十代半ばの店長は、ただいま気力体力共に充実していて、腕っ節がまことに強かった。常連客らはある夜、大勢の同士と共にこの事実を検証していた。ぶっ壊れたのは、店の家具だけでは済まなかったのに、何故だか無傷だった三人の内に、店長は入っていた。

「店長は、家族運も女運も悪い」

こう言って憚《はばか》らない猛者《もさ》も、常連の中にはいる。この話を聞かれても、店長と一戦交えることにはならない。話していると、店長の姿がいつの間にか、『酒場』から消えるからだ。

「店長がなくしたのは、父だ、いや母だ、いや妻だ、いや子供だ」

通いだして間もない客ほど、噂を聞きかじっては色々推測する。だが古参の事情通連中は、何故だか店長のプライベートを、ほとんど語らなかった。店長は大金持ちだとの噂がある。何もかもなくし、破産寸前だとの憶測もあった。いかれ野郎との意見がもっとも多い。博打《ばくち》打ちだとの話が、まことしやかに流れては消えてゆく。人を殺したことがあるらしいと、こっそり囁かれてもいる。

以前、再婚したという噂があった。一度結婚していたのかと驚く新参の客に、古参が、さほど前のことでもない思い出話をすることとなった。だが再婚してから一年ほどで、店長はもう一度、やもめに戻ってしまった。

「店長は家族運も女運も、極め付けに悪い」

またその話が、飲んべえたちの口にのぼった。

そしてそのことも、とうに語られなくなった最近になって、店長にのり子という一人娘がいると、客たちに知れた。引き取って育てていた祖母が死んだので、娘は必要にかられ、義父である店長と暮らし始めたのだという。

だが店長はどう考えても〝父親〟〝家庭生活〟〝真っ当な人生〟〝早寝早起き〟という言葉から、ほど遠い男だ。

「あんなんで、ちゃんと子育てをしてるんだろうか」

客たちは時々、不安げな表情を浮かべている。

その彼らも、店長のバーテンダーとしての腕には、文句がない。『酒場』の先代にきっちり仕込まれたそうで、カクテルを作るのが実に巧《うま》い。酒にぴったり合うつまみは上等の品で、けちったことはないいし、その気になったときは、驚くほど美味《うま》い一皿を作る料理人でもあった。

しかし。

『バーテンダー』という言葉が、Bar（酒場）＋Tender（世話人）からできているという蘊蓄《うんちく》を最近知り、店長が奇妙な妄想に取り憑かれたのは、いただけないことであった。

自らを、常連客と店を支える『世話人』になぞらえたのだ。

そんなはずはなかった。『酒場』を支えているのは客の方だ。そんな真っ当な意見を聞き、店長が口の端《は》を歪《ゆが》めるようにして笑い、言ったことがある。

「うちの客には、とんでもない奴が多いな」

その意見も間違っている。当の客らがそう言っているのだから、確かなものだ。

ぶっ飛んでいるのは、まさしく店長の方であり、『酒場』である。

常連客がそうだと保証しているのだから、間違いない。間違いない。

第一話

のり子は缶を買う

1

新宿にある『酒場』の重厚なテーブルに向かって、中学生の小牧《こまき》のり子は、制服姿でちょこんと座っていた。

フロア内に島のように散らばったテーブルから、客たちが酒を片手に、ちらちらとのり子を見ている。漏れ聞こえてくる話によると、この店に女性が顔を出したのは、何年ぶりかのことらしかった。

ただしのり子は客ではなく、店長である小牧洋介《ようすけ》の義理の娘だ。客たちは、何で店長が急に娘を『酒場』に連れてきたのか、あれこれ推測している。『酒場』はさりげなく内装に金のかかった、雰囲気のある店だったが、確かにどう見ても中学生向きではないからだ。

だが、この場にそぐわなくとも、今日、ここに来なくてはならなかったのだ。椅子の上で客たちの話を黙って聞きながら、のり子は真剣な顔で、目の前のテーブルに置いた、小さな缶を見つめていた。

『とっても不幸な幸運』

それが商品名らしく、缶の側面に大きな字で、そう書かれている。太さはラップの芯くらい、青いゴムの蓋が付いていて、高さは十センチほどだ。一番の特徴は、何に使う品だか、分からないということだった。のり子は勝手に、面白グッズだと思って買った。

この缶がいったい何なのかということも、客たちは色々想像しているようすだ。

その時洋介が、皆に一通り酒や料理を出し終わって、娘の傍らに来た。のり子は父親の方をちらりと見たきり、相変わらず口をきかない。それを見て、洋介が大きくため息をこぼす。その額には、昨日までなかった細長く赤い痣《あざ》がついていた。

テーブル上のグラスをスプーンで軽く叩いて、洋介が皆の注意を引く。娘を紹介したあとで、今夜店に連れてきた理由を話し始めた。

「のり子の前に置いてある、妙な缶だがね、『とっても不幸な幸運』という名で、のり子が百円ショップで買った品だ。一見何てことない缶だが、そいつがくせものだったんだ」

洋介はその缶のせいで、今朝早く娘に叩き起こされたのだ。

「実は朝方、その缶を開けたら、不可思議な幻影が見えたとのり子が言ったんだ。突拍子もない話だったんで……ちょっと笑ったら、癇癪《かんしゃく》を起こされてね」

あげくに怒ったのり子に、口をきいてもらえなくなった。

「俺には、のり子がどうして幻を見たのか、想像もつかん。何があったか詳しく説明するから、誰か、事の説明をつけてくれないか。納得できたら、癇癪を起こして黙っている娘も、しゃべり方を思い出すはずだ」

「何だ、そりゃ？　不可思議？」

客たちは気の乗らないようすで、首を傾げている。だが協力してくれれば、今夜の飲み食い代はただだと洋介に言われると、態度が一変した。客席からよっしゃあと、気合いの入った声が上がる。

それではと洋介が、のり子から聞いた話と自分の体験談を交え、親子喧嘩の詳細を語り始める。話が進むにつれ、『酒場』の客たちは目を見開いた。

のり子は今朝の出来事を思い出して、ますます顔をしかめていた。


のり子が『とっても不幸な幸運』の缶を買ったのは偶然だ。そのはずだ。たまたま見かけて手に取るまで、買うつもりはなかったのだから。

学校帰りによく行く百円ショップに顔を出すと、他では見たことのない品があった。時々こういう店に入荷する、倒産買い取り品かなと思う。変な名前が付いていた。

『とっても不幸な幸運』

「何だろうこれ？　不幸の手紙とラッキーグッズの合体品、ていう感じかしら」

結局名前が面白くて買ったのだが、開ける気になったのは、今朝の食事のときだった。

ダイニングキッチンのテーブルには、いつもの朝と同じで、ブリックパックの野菜ジュースと、スライスチーズを載せて焼いたトーストが並んでいるだけ。毎日一人分用意する食事は、手抜きそのものだ。食べるのにも大して手間がかからないので、変な缶に目がいく余裕ができたのだ。

父親が一緒なら、もう少しまともな朝食を作るところだが、通学前のこの時間、父、洋介はいつもまだ寝ている。

母を幼い頃に亡くしたあと、のり子は祖母に育てられたので、義父と一緒に暮らし始めて、まだひと月半だった。その間、大声を出して洋介を叩き起こしてやりたいという誘惑と、毎朝闘っている。

しかし仕事先から、深夜というより明け方近くに帰ってくる洋介を用もなく起こしたら、限りなく不機嫌な顔をされること請け合いだ。のり子は仕方なく今日もよい子となり、黙って一人で朝食を食べていた。

「冬になったら、野菜ジュースをカップスープに替えようか」

ぼそっと独り言を言っても、当然どこからも返事はこない。何となく眉間《みけん》に皺が寄った。トーストにがぶりと囓《かじ》りつくと、片方の手で器用にぽんと『とっても不幸な幸運』のゴムの蓋をはじいた。

「さて、何が出てくるかな。百円分、面白ければいいけど」

プルトップを引き上げ、ツナ缶のようにぺろりと、缶の金属の蓋部分を取り去る。中をのぞき込んだ。

「へっ？」

小さな声を上げた。何も入っていなかったのだ。

「やだ、空《から》じゃん。不良品なのかな」

一瞬、店に文句を言おうかと思ったが、すぐに気持ちが萎《な》えた。もうレシートも残っていないし、第一、値段が百円では、わざわざ取り替えにいくのも面倒くさい。

「ついてないなぁ。ごたいそうなのは、缶の名前だけか」

放り出すように缶をテーブルに置いて……その時のり子はふと、体を強《こわ》ばらせた。何だか誰かが、部屋の中にいるような気がしたのだ。

『とっても不幸な幸運』

缶の側面に書かれてあった商品名を、ちらりと見る。『不幸』を呼ぶのか『幸運』を呼ぶのかは知らないが、もしかして……その名は、だてではなかったのか。缶が開いたので、何かが呼ばれて、ここに来たのだろうか。

「まっさかぁ」

のり子は口に苦笑いを浮かべた。気のせいだ。ひょいと後ろを向いてみる。

「ほら、誰もいないじゃん」

そう思い、またパンを食べようとして……手が止まった。

もう一度ゆっくり振り返る。

台所に置かれた、電子レンジに目をやった。黒っぽいガラスのドアに、やや薄暗い感じでのり子の顔が映っている。そして、その後ろに……。

のり子は台所だけでなく、家中に響き渡る悲鳴を上げていた。

『『とっても不幸な幸運』の缶を開けたら、電子レンジのドアに、亡くなったのり子ちゃんのお母さんが映ってた?』

思わぬ話の終わり方に、客たちがざわめいている。

「何だい、その話は。ジョークか? ホラーなのか? それとも新手《あらて》の都市伝説でも作る気か?」

テーブル席から、かったるそうな声が上がった。飯田《いいだ》という男で、医者なのだという。洋介と似たような歳に見えた。

「のり子が台所で悲鳴を上げたのは、純然たる事実だな。おかげで俺は今朝、二時間しか寝られなかった」

慌てて起きてきた洋介に、のり子は母を見たと、頑固に主張したのだ。

「朝だし、のり子ちゃん、寝ぼけてたんじゃないの?」

口を挟んだのは、健也《けんや》という『酒場』のウェイターだ。まだ二十二歳だそうで、『酒場』では唯一と言ってよい若手だ。髪の毛を赤と金、二色に染めている。

「健也、口には気を付けろよ。今朝、俺も台所で同じ言葉を言ったんだが、のり子に孫の手で、ひっぱたかれたぞ。娘の言葉を信じないなんて、サイテーだとかでな」

額の赤い痣を指さして、洋介が忠告する。健也がぴたりと黙った。

孫の手でぶったのは事実だが、端《はな》から見間違いだと、まともに取り合わなかった洋介が悪いのだとのり子は思っている。孫の手の有効的活用法を発見したあと、それ以上父親と口をきく気になれず、のり子はさっさと登校した。

だが額に痣が残ったせいか、洋介はその出来事を忘れなかったらしい。その日の夕方、のり子が渋い顔で帰宅したとき、珍しくも家にいて、娘を『酒場』へ連れてきたのだ。

のり子にぶたれた痣だと知って、客たちは洋介の額を面白そうに見ている。ただし、困っている店長を、見放すつもりもないようすだ。

「とにかく、その変な缶を見せてくれないか。いいかな、のり子ちゃん?」

こう切り出したのは、花立《はなだて》という、ごつい顔立ちのおっさんだ。背が洋介くらい高く、横幅はずっとがっちりしている。何となく物騒な雰囲気の客だ。もしかしたらやくざのような、怖い人なのかもしれない。

花立は缶を手に取ると、しばらく眺めていたが、そのうちにひょいと缶を振った。

「何か入っているな」

「えっ？　今朝俺が見たときは、確か空だったぞ」

首を傾げる洋介の前で、花立がゴムの蓋を開ける。テーブルの上で缶を斜めにすると、中からうす茶色の干からびたものが、いくつか転がり出た。

「何だ、これ。茸《きのこ》？」

花立は眉根を寄せ、さっとそれを手にすると、匂いを確かめる。そのようすを見て、テーブルに急いで近寄ってきた客がいた。きちんとした背広姿で、山崎《やまざき》と呼ばれている。二人はしかめ面《つら》で、少しばかり首を振っている。洋介もその茸の干物を手に取って、香りを嗅ぎ、食い入るように見て……笑い出した。

「こりゃ食用茸だ。八百屋で売っているぶなしめじの、なれの果てだな。一パック百五十円てところか。健也が使い忘れたのが、時々冷蔵庫の中でこんなふうになってるよ」

「はぁ？　しめじ？」

花立と山崎が確認している。山崎は弁護士なのだそうだ。いかにもという外見だった。

『酒場』には色々な大人が来ると聞いてはいたが、本当に多彩な職業の人たちが集まっている。生徒と先生しかいない中学校とは、大違いだ。

缶に入っていたのが、しめじだと分かったところで、飯田医師を加えた大人四人が、何やらしばらく小声で話し合っていた。それから山崎が、のり子の方を向く。その視線の鋭さで、ぐっと周りの気温が下がった感じがした。それでも山崎の言葉だけは、優しげだった。

「それでのり子ちゃん、この茸、どうしてこんなところに入れておいたのかな?」

「山崎さん、遠回しに言っても、話が進まないよ。この茸の干物、幻覚作用があるマジックマッシュルームに、感じがよく似ている。のり子、お前これ、トリップできる脱法ドラッグだと言われて、誰かから買ったんじゃないだろうな」

ずばりと切り込んできたのは、洋介だった。

2

(洋介君、今朝は私に寝ぼけてるのかと聞いてきたわ。今度は、妙な薬をやっているんじゃないかと疑ってる)

のり子はいっそう唇を引き結んで、返事などしなかった。洋介と睨み合う。お互い、ずーっと黙って見合ったままでいて……じきに両手を肩の辺りに上げ、降参のポーズを取ったのは、洋介だった。客たちから文句の声が出る。

「なんだー、娘には甘いなぁ」

「しかし確かにそれ、マジックマッシュルームに見えなくもないな。というか、小さい茸を干すと、生《なま》の時より種類の見分けが、つきにくくなる」

そこに、花立の元気な声も聞こえてくる。

「やれ、ひょっとしてこれで、問題解決か？」

のり子が薬物に手を出していたのなら、今朝、母の幻影を見た一件は、謎が解ける。トリップ状態で、ありもしないものを見たというわけだ。

だがその言葉に、思いがけない反対の声が上がった。トレイを手にした健也だった。

「それはオヤジの考え方だよ、花立さん。もし俺がマジックマッシュルームを日頃使っていたら、しめじの干物を間違って買ったりしない。高いもんだし、本物がないとトリップできないし。それに持ち運びに不便な缶なんかに、マッシュルームを入れないよ。百円ショップにだって、もっとスマートで携帯しやすいピルケースとか、売ってる」

確かにその通りで、花立は椅子にどかりと座ると、黙って口をへの字にする。だがこのやり取りで、一気に店内の論議に火が点いた。

「健也の考えが当たってるとすると、あの茸を、誰が何の目的で、あの缶に入れたのかな」

「謎だ、謎だ！」

「思いついた。俺の話を聞け」

「俺が先に言う！」

「そりゃ、分かり切ってるじゃないか」

一斉に客たちがしゃべりかけた。その時、のんびりとした声が聞こえた。皆の視線の先、隅のテーブルには、面白がっているような顔つきの、たいそうハンサムな男がいた。それなら、マジシャンが正解を言ってみろと皆が促す。マジシャンとは……プロなのだろうか。男は立ち上がると、のり子のテーブルに近寄ってきて、缶を手に取った。

「朝、入っていなかった茸が、この缶の中に入っていた。だがこうしてひっくり返しても……おや、今はもう入っていないな」

マジシャンは鮮やかな手つきで、缶をくるくると回転させた。すると缶から茸が現れたり消えたりする。うっとりするような見事な手つきで、驚きっぱなしだ。客席から、おぉと感嘆の声が湧く。

その時指の間を舞う缶を、横から花立が引ったくった。

「それで？　このマジックに何の意味があるんだ？　天野《あまの》」

「分かんないかな。俺は今、マジックをしたが、缶の中でかさかさと茸の音がして、やりにくかったよ。缶を持っていたのり子ちゃんが、茸のことを知らなかったはずはないんだ。花立さんだってさっき、缶が空ではないと、すぐに気がついただろう？」

花立が洋介に、さっと目配せをして唸った。

「つまり……皆の意見を足すと、こうなるな」
一、のり子はあの茸が、ただの食用しめじだと知っていた。
二、そしてわざと、缶に茸を入れておいた。
「分からん。のり子ちゃんが、こんなややこしいことをした理由は何だ？」

そこに健也が口を出す。

「店長に親として、もっと娘の心配をして欲しかったんじゃない？　薬物に興味があると知ったら、大抵の親は心配するから。いかに親として情けない店長でも、たぶん……」

話している途中で、当の洋介に頭をひっぱたかれ、健也の言葉が途切れた。そのまま厨房へ、仕事をしてこいと追い立てられる。花立が話をまとめた。

「あー、つまり、今回の件は、のり子ちゃんの狂言である確率が高いという結論に達した。もちろん悪いのは、父である店長だ」

「これで一件落着かぁ」

客たちが、さあ宴会だと言い出した。そこに飯田医師の、くたびれたような声がする。ちょっと不機嫌だった。

「ひとつ疑問が残ってるな。どうしてのり子ちゃんは、この茸の干物が、幻覚を起こすマジックマッシュルームと似ていると、知ってたのかな？　それを知らなきゃ、この狂言、成立しないよな」

緩んだ『酒場』の中の空気が、またぴしりとした。健也が首を傾げている。

「渋谷辺りで、見かけたのかも」

「だが、のり子ちゃんは仙台から移ってきて、まだ日も浅い。渋谷でぐれるには、時間が足りないぞ」

「パソコンで検索したとか」

客の指摘に、洋介が首を振る。

「学校のパソコンは、アクセス制限がある。家ではまだ、買ってやってない。俺のは、パスワードを知らないと入れないから、のり子には使えない」

「おやぁ、じゃあ茸の情報は、どこで手に入れたんだろう」

ぐっと興味が湧いてきた顔つきで、花立がのり子の顔を覗き込む。それでものり子は口をきかなかった。だが内心、十分圧迫感を感じている。わーっと、大声を出したくなってきた。緊張が続いて、くたびれている。

（そろそろ話してもいい頃かしら。大丈夫かな。うまく話を聞いてもらえるかな。緊張してるなぁ。まだ悩んでるし。どうだろう、どうしよう、今だろうか、今なのかな、どきどきしているだけで、決められない。私は……）

その時急に洋介が、まるでのり子の心中を汲み取ったかのように、そろそろ一休みしないかと言いだした。皆に、夕飯にしないかと提案したのだ。

「今日、店に来てすぐに、ソーセージとキャベツ入りのポトフを、たっぷり仕込んでおいたんだ。そいつとパン、あとは健也が作ったサラダだけだが、一休みして食ってくれ」

その言葉を合図に、健也が厨房から大きな器に盛ったポトフを運び込んでくる。テーブルに料理が並ぶと、オヤジたちの顔に、一様に笑みが浮かんだ。

のり子の前のテーブルにも蓋付きの器が置かれ、中から湯気の立つ、美味しそうな小玉葱《たまねぎ》や人参、キャベツ、大きくて長いソーセージなどが現れる。その時、粒マスタードやパン籠《こ》、取り皿を置くのを手伝いながら、小声で飯田医師が話しかけてきた。

「のり子ちゃん、こりゃあ店長は腰を据えて、今回の茸の問題に取りかかる気だよ。それで食事を先に済ませておこうというんだろう。話すべきことがあるのなら、食べている間に、言っちゃったらどうかね」

「そいつが正解だ。店長と暮らし始めて日が浅いから、分かってないかもしれんが、あいつは結構怖い奴なんだ。とんでもない知り合いもいる。父親だからって、昨今の情けないオヤジと同等に考えちゃ、まずいぞ」

花立が、にやにやしながら言う。確かに洋介が花立みたいな、わけの分からない男と仲が良いというのは、やばい話だ。

分かっている。これでも娘なんだから！

分かっているから、のり子は缶に、干からびた茸を入れたのだ。洋介が一筋縄ではいかない大人だからだ。いや、考えている以上に物騒で怖い人であってほしい。そうでなくてはならないのだ！

転校してきて以来、友達によく洋介のことを話す。ぶっ飛んでいる親だねと、たびたび言われた。友の両親は、優しくて常識派で、要するにホームドラマに出てくる親たちに似ているらしい。ドラマの中だけでなく、本当にそんな親が世間にはいるみたいだ。まあドラマよりはちょっとだけ多く、子供への無関心が加わっているらしいけど。だとしたら、間違いなく洋介とは違った種類の人間だ。それでは……今は話にならない。

のり子は、取り分けてもらった湯気の立つソーセージに、フォークを突き立てた。

3

「缶を開けたら、お母さんの幻影が見えた？　何それ」

まゆりがのり子に向かって、怪訝そうに声を上げた。言外に、明らかな不信感が込められていた。

洋介と喧嘩して、いつもの電車に乗れなかったにもかかわらず、のり子は今日、始業時刻に間に合った。だが、もやもやは昼休みになっても収まらない。教室の隅で、友達のまゆりと弁当を囲むと、のり子はさっそく、今朝の一件をぼやいたのだ。

ところがまゆりの関心は、父の無理解な態度ではなく、ホラーめいた母の幻影へと向かった。

「ちょっとのり子、あんた……」

まゆりは綺麗な顔を傾げ、ぐっと声をひそめる。

「まさか、変な薬に手を出してやいないでしょうね？」

「あのさ、お母さんを見たって言っただけで、どうしてそういう話になるのよ？」

「だって……」

「だって、やばく聞こえるだろう。朝っぱらから幻覚を見た、なんてさ」

言いよどんだまゆりに代わって、別の声が話を引き継いだ。前の席の男子、西根《にしね》だ。彼はまゆりとつきあっているので、西根の友達、中里《なかざと》を入れた四人が、自然と仲良くなっていた。西根は声を小さくして、話を続ける。

「最近、この学校の生徒の中で、脱法ドラッグをやっている奴、いるって噂だし」

「はあ？　ドラッグ？　私は関係ないわよ」

のり子はため息をつきつつ、二人の前に『とっても不幸な幸運』の缶を、とんと置き、今朝からの話を詳しくする。問題の焦点は、世の中の健全な常識から、かなり逸脱している父親であって、幻影ではないのだ。せっせと説明しているとき、横から手が伸びてきて、缶を摑んだ。

中里だった。

「あら、今日は時間あるの？」

彼はピアノが得意で、高校は音大付属へ行きたいらしい。だから最近は、推薦を受けるために何かと忙しくて、昼休みなど教室にいないことが多かった。

「なあ小牧、こんなものを開けただけで、本当に幻影が現れたのか？」

誰が何と言ったって、そうだよと言うと、中里はあっさり、ぽんと青い蓋を取ってしまう。

「きゃっ！」

思わず声を上げたら、教室にいた皆の視線が集まってきて、気恥ずかしい。照れ笑いをしながら、それでも恐る恐る周りを見てみたが……何も起こってはいないようすだ。

中里は眉尻を下げて、少し笑っている。

「小牧のようすから察するに、缶を開けたとき、本当に何かあったみたいだな。でも、一回こっきりなのかね。百円だって言ったっけ。安いからな」

「おい、いいのか。『不幸』なんて名の付いた缶を、開けたりして」

西根がにやっとして言う。付属高校への推薦をもらうために、後日、中里は教師の前でピアノを弾く機会があるようなのだ。まさかとは思うが、その時本当に妙な運が降ってきては、大変だ。

だが今日の中里は、それを聞いても顔を歪《ゆが》め、首を振るだけだった。

「そっか、もうすぐ実技の日だったっけ。忘れてた……」

一瞬、のり子たちは言葉を失った。西根が目を見開いている。

中里はいわゆる、ピアノ馬鹿だった。音大付属に入学できれば、将来留学するという夢が、絵空事ではなくなる。とてもとても、今回のチャンスを喜んでいた。

(それを忘れていた？)

何があったのだろう。

(そういえば、ようすが変だ。絶対変だわ)

目配せを交わすと、のり子とまゆりは急いで弁当をしまった。

こうなったからには、缶の見せた幻影騒ぎは二の次だ。三人は中里を囲み、原因を探るべく、真剣な顔で静かに教室から抜け出した。

4

『酒場』のテーブルから、あっという間にポトフが消えた。

マスタードも、すぐになくなる。洋介の料理の腕は、いつも食べさせてもらっていないのり子が、腹を立てるくらい素晴らしかった。

食事中は、缶の件は一時お預けということで、別の話題になった。飯田が少し心配そうに、のり子のことを聞く。

「ところで店長は、夕食時には大抵この店にいるだろう？　のり子ちゃんの食事、どうしているんだい？」

のり子には夕食代をまとめて渡してあると、洋介が言う。すぐに店内から、非難の声が上がった。

「酷《ひど》い親だな。父子家庭なのに、娘に一人きりで食事をとらせるなんて、極悪人だ！」

無鉄砲に店長を責めたのはマジシャン天野で、客たちから拍手が湧いている。洋介は落ち着いて、大いに嫌みな口調で言い返した。

「ほう、そうかね。ではこれから俺は家で食べて、店で出す夕方の料理は、健也に任せることにしよう。健也が大学の授業で遅くなる日は、簡単なつまみだけで料理は抜きだな」

この言葉には、今までで一番大きなブーイングが起きた。

「ここで栄養補給ができなくなるなんて、俺たちを飢え死にさせる気か？」

「健也の料理！　どんな恐ろしい味の物を食べさせる気だ？」

「恐ろしいって……そこまで言うほど、酷くはないだろうが！」

そう言うのならと、健也が立ち上がって、枝豆とホタテ貝をメインにした野菜サラダを、取り上げようとする。客たちが先手を打ち、中身をあっという間に取り分けて、サラダボールを空にしてしまった。飯田が笑い出した。

「こりゃあ店長は、『酒場』の連中とのり子ちゃんの両方に、日々食べさせないといけないな。まあ、頑張ってくれ」

「一人で二役、できるもんか！　どっちの役目をやらせたいのか、意見を絞るんだな」

じろりと洋介に睨まれ、皆、言葉に詰まっている。

（栄養補給？　家でご飯を食べない人って、多いのかしら）

最近は、サザエさんに出てくるみたいに、皆で食卓を囲む家は少ないのかもしれない。

それで客たちは、大勢でわいわいしゃべりながら食べられる、この店に来ているのだろうか。だとしたら、中学生であることを盾にとって、オヤジ世代から夕食を取り上げるのも、気の毒な気がする。

(やれやれ、おじさんでいるのも、大変なんだ)

思わず苦笑が、のり子の口元に浮かんだ。

「おや……ふーん」

それを見逃さなかったのは洋介で、「ふむふむ」とか、「そうか」とか、わけの分からない独り言を口にしている。

それから洋介はさっさと食事を終えると、もう何も残っていないテーブルがあるのを確認して、席を立った。のり子は慌てて、料理の残りを食べた。

食後のかたづけは、見事な手際で行われた。大型の皿洗い機が、厨房にあるみたいだ。しかも健也と二人きりで店内を仕切っているというのに、新たに注文された酒まであっという間に出てきた。家事ロボットでもいるかのようだ。

(家にいるときの、ぐーたらな洋介君とは、別人みたい)

有能だ。これが本当の顔なんだろうか。そうかもしれない。そうであってほしい。

(あ……れれ?)

仕事が一段落ついたのか、気がついたら洋介が、のり子のいるテーブルの向かいに座っていた。にやりと笑っている。

（急にどうしたんだろう）

そういえば妙な独り言を言ったりして、さっきから、ちょっと変だったが。

その時洋介がまた、スプーンでグラスを鳴らした。缶の話題、復活の時間だ。洋介は早々に、思いもかけない言葉で、のり子に切り込んできた。

「のり子、お前、俺に何かやってほしいことがあるんだろう？」

そう言いながら、指先でつまんだ『とっても不幸な幸運』の缶を、マジシャンみたいにくるりと回している。

「おい店長、どっからそんな結論を引っ張り出したんだ？」

聞いたのは花立だ。だが彼だけでなく、店の客全員が、耳を澄ませている。

「さっきのり子の夕飯をどうするか、っていう話になったとき、のり子は変わらず、黙ったままだった。そっと苦笑しているようにすら見えたね」

もし健也の言うように、日頃の洋介に不満があって、態度を改めさせたいと思っているのなら、あの時は絶好の機会だった。泣き落とせば、洋介も客のオヤジ連中も、降参しただろう。毎日夕飯を作ると、洋介に約束させることもできたに違いない。

しかし、のり子はそれをしなかったのだ。

「のり子が今、一番こだわっているのは、食事のことじゃないと見た。父親の不埒《ふらち》な態度ですらないようだ。じゃあ、何だ？　俺は今回の一件を、改めて考え直してみたんだ」

まず、のり子が口をきかなくなった。それは洋介と喧嘩したからだ。しかし夜になってもまだ黙り続けているのは、のり子らしくない。別に原因があるのではないか。

洋介と口をきかない理由。缶にマジックマッシュルームもどきを入れた理由。不満を溜めていたらしい、父親の態度や食事のことよりも優先すべき大切なもの、とは何か。

「のり子ちゃんの、最優先事項か」

客席がざわめく。花立や飯田が、腕組みをして考え込んだ。今まで見て、聞いたことを、頭の中でおさらいしているのだろう。

「朝、店長と喧嘩した時、その缶は空だった。帰宅してすぐに、『酒場』に来た。そして缶には茸が入っていた。つまり缶に茸を入れたのは昼間で、その時、のり子ちゃんがいたのは学校だな。中高一貫校の私立三石《みついし》学園」

洋介が花立の言葉に驚く。のり子の通っている学校の名前まで、店の客が知っているとは、思いもよらなかったのだ。

「都内にある学校じゃ珍しくもないが、あそこの生徒も、結構繁華街で遊んでいるよな。三石は確か、渋谷に近いし」

そういう生徒なら、売られているマジックマッシュルームを、好奇心から見たことがあるかもしれない。

「あのしなびた茸を用意したのは、別の生徒かもしれん。東京に来たばかりで、怪しげな茸を売っている場所すら分からない、のり子ちゃんじゃなくて」

洋介が頷いた。のり子は首筋がほてってくるのを感じた。

「例えば渋谷で、あの手のドラッグをさばいているのは、どんな奴らだ？」

洋介の問いに、花立がすらすらと、外国人の出身国名ややくざらしき組の名を挙げてゆく。彼がその名を心得ていることを、『酒場』の客たちは不思議とも思わないようだ。花立はやはりその筋の男なのだろう。

「だがまあ、今時中学生がマジックマッシュルームを買ったとしても、大きなニュースにはならんな。あまりにも、よくある話すぎて」

そう、近頃では中学生が薬物に手を出しても、窃盗をしても、誰かを殴り殺したりしても、誰も大して驚かない気がする。眉をひそめる人は、いるかもしれないけど。

「待ってよ、花立さん。そんなに簡単に買えるものなら、何で缶の中の茸が本物のマジックマッシュルームじゃなくて、ただのしめじだったんだろ？　実際には使ってなくても、本物を入れておいた方が、より親が心配してくれそうじゃん」

横で会話を聞いていた健也が、新しい氷を運んできて、そのついでという感じで言った。若いウェイターは、時々良いポイントを突いてくる。

「今までの推測をつなぎ合わせると、今日何が起こったか、少しは見えてくるな」

洋介はそう言うと、真っ直ぐにのり子の方を見る。

「まずのり子は朝、幻影を見たと言って俺を起こした。この出来事は未だに原因不明だが、これが全ての引き金になった気がする」

のり子は親の態度に怒ったまま、学校に行ったのだ。友達に幻影の一件を話しただろうし、缶も見せたに違いない。

「死んだ母親を見たと話すと、薬でラリっているんじゃないかと、疑われたんだろう？」

その後、缶にしめじの干物が入れられた。

「のり子の友達の中に、マジックマッシュルームを見たことのある者が、いたに違いない」

洋介が言葉を切る。真っ直ぐ見つめてくる視線がきつくて怖くて、のり子は頭がぐるぐる回っているような気持ちになった。そろそろ口をきいて、いいだろうか。まだ駄目な気がする。だがもう限界な気もする。のり子はテーブルの上の生ぬるくなった水を、一口飲んだ。

「のり子ちゃんは、帰宅しても黙ったままでいた。となれば店長はいずれ、もう一度喧嘩の原因となった缶を調べただろう。中の茸は、初めから店長に見つけてもらう予定だったのかな」

　そして、のり子は理由を聞かれ、心配事を打ち明ける。

「なるほど、そこで店長が一苦労して、その問題を解決するということになるんだな」

　花立が、自分の出した結論に頷き、面白がっている顔つきをした。ほの暗い店内の照明が、花立の機嫌の良い顔すら、少々恐ろしげに見せている。

「店長は父親だよ。こんなややこしいことしないで、さっさと助けてって、のり子ちゃんは何で言わなかったの？」

　健也が顔をしかめる。そろそろ何もかも話せと、洋介が言った。

「わざわざ缶に茸を入れたということは、友達が薬物絡みのことで困っているのか？　大人に何とかしてほしいが、でもきっと、正面から先生に泣きつけることじゃないんだよな。とにかくのり子は……」

　分かっているぞという感じで、洋介がにたあと笑う。

「俺が、その微妙な心配事を相談しても大丈夫な相手かどうか、確かめたかったんだ。だから缶におかしな茸を入れて、反応を見たんだな？　相談事のリハーサルをしたんだ。違うか？」

　この言葉に、店内が大きくざわついた。

「おや、まあ。最近の中学生は、やることがぶっ飛んでるねえ。さすが店長の娘！」

けらけらと笑い出したのは、マジシャン天野だ。その頭を、洋介が思いきり叩こうとすると、マジシャンの体が一瞬、縮んだように見えた。気がつくと殴られることもなく、隅に逃げ延びている。

「さすが、ラスベガスで活躍中のマジシャンだ！」

天野が嬉しそうに両手を上げ、客たちが拍手喝采を送る。「けっ」という一言と共にそれを無視して、洋介は、はっきりと言った。

「それで、事の次第を言うのか？　言わないのか？　タイムリミットだ、のり子！」

すいと、店の中に静けさが広がる。のり子はもう一人で抱えていられなくて、重荷を吐きだした。

本当に話して大丈夫だろうかと、大きな不安を抱えたまま。

5

私立三石学園は中高一貫教育の私立校で、一応中等部と高等部に分かれてはいるが、中学入試が済んでしまえば、あとは一息つける。

だけど現実としては、高校入試をする生徒と同じくらい勉強しないと、大学を受けるとき困る。しかも一応進学校だから、試験も模試も、結構多くあった。

だがそれでも、目の前に関門がないと、どうしても気が緩む。三石学園の生徒たちは、〝頑張る派〟と〝それなりにどうにかなるさ派〟に、くっきり分かれていた。

のり子たち四人の内、自称、将来の総理大臣の西根と、編集者になりたいので行きたい大学のあるのり子は〝頑張る派〟、美人で、既にモデルとしての活動を始めているまゆりと、ピアノばかり弾いている中里は、勉強そのものには興味が薄く、〝それなりにどうにかなるさ派〟だ。

学校内で二つの派が、角突き合わせているかといえば、そうでもない。〝頑張る派〟は、とにかく目の前の試験を乗り越えて行くのに必死だし、〝それなりにどうにかなるさ派〟は、既に学校へは目が向いていなかった。

東京なら、遊ぶ場所には困らない。渋谷駅周辺に、中学生が溢れているご時世だ。お気に入りのたまり場に集まり、自分たちのルールの内で、気に入るようにやっている。

だが、そんな一見平穏な生徒間の人間関係も、荒れることがある。大概は〝それなりにどうにかなるさ派〟から、逸脱する者が出たときだ。

中里のケースが、それだった。

「問題は脱法ドラッグか」

洋介のうんざりしたような声が聞こえる。のり子は『酒場』で、生まれて初めて父親に泣きついていた。

のり子たち四人の中学生に降りかかってきたもの。それは、『とっても不幸な幸運』の缶に入れたのと似た、茸だ。

ただし、それは本物のマジックマッシュルームだった。花立が聞く。

「つまり〝それなり派〟の中には、とうにこの危ない誘惑の常習者がいるんだな？」

頷く。まゆりたちの話によると、のり子が転校してくる前から、誰かが使っていると、こっそり囁かれていたようだ。仲間内ではトリップ用に、煙草と同じ感覚で売買されているらしい。しかし一部の生徒がする危なっかしい話に、積極的に首を突っ込む者はおらず、真相は藪《やぶ》の中だったのだ。

ところが今回、中里が標的となり、茸を買えと押しつけられた。

「何でのり子の友達の中里君が、くそ名誉にも選ばれたんだ？」

「中里君に、他の高校の推薦入試の話がきたからだと思う」

中里が〝それなり派〟から睨まれたきっかけは、音大付属の高校に進学が決まったことだ。今中学二年だから、もちろん推薦入試は来年だが、のり子たちは名前も知らない偉い音楽家が、中里が出たコンクールの演奏を聴いて推薦してくれたので、入学はほぼ決まっているようだ。

その高校は付属高校だから、学校での成績が良ければ上の音楽大学へも、推薦で入れる。うまくいけば、将来留学の道も開けそうだという。なんとしても普通科に進学をと言っていた中里の親も、その事実故に、今回折れたということだった。

ところがこのことが校内で噂になると、中里は睨まれた。絡んできた川又《かわまた》という生徒の言葉が、ぶっ飛んでいた。

「端からガリ勉してた奴らは、まあ許してやる。落ちこぼれどもは興味ない。うまいことやって、途中から裏技で〝それなり派〟から抜けようなんて奴は、許さねえ、って」

この言いぐさには、店中から驚きの声が上がった。

「凄いな。昨今の中学生は、いちゃもんの付け方も半端じゃない。本物のやくざみたいだねえ」

「論理的なようで、川又の話は全く筋が通ってないな。第一、進学するのに、同じ中学生の許しは必要ないでしょ」

天野が硬い顔をしている。

「中里君はピアノが大好きなんだ。だけど音楽じゃ食べていけないから止《や》めろって、親に言われ続けて、苦労してきたんだって。西根君が言ってた」

それなのに希望が出てきたところで〝ムカツイタ〟川又に絡まれ、今度はマジックマッシュルームという歓迎しないものを、背負《しょ》い込んでしまった。

「いい迷惑だよな。でも、川又らの思考回路がどうなってるかは、分かる気がする」

その飯田の発言に、のり子がきっと睨む。飯田が両手を肩の高さに上げ、首を振った。

「もちろん、川又の行為に賛成しているんじゃないよ」

ただ……。

「中里君は本当にピアノの虫で、勉強をしてないからって、たまり場をうろつくことはなかったんだろ？　だから携帯電話に登録してある電話番号は少なかったろうし、あまりメールも来ない。男の子がピアノを弾いたからって、運動のできる生徒のようには、もてないしねえ。中里君は、ぷっつんして遊んでばかりいる川又たちにとって、一段低く見てる存在だったんじゃないかな」

自分たちよりも下がいる。そう思っていささか安心していたら、その中里が、ガリ勉組よりも先に大学への道を決めてしまった。しかも将来の夢も、しっかりしている。

「それで、川又たちはムカツイタんだな」

「……だからって、あんなことされちゃ、たまんないもんっ！」

そうだよねと言って、飯田が苦笑いしている。のり子は思わずふくれ面をした。川又の心理分析なんか聞きたくもない。

近頃の中学生は、悩みのない方が珍しいのだ。川又や中里だけでなく、西根やまゆりやのり子だって、校庭のど真ん中で朝礼中に、わめきたいようなストレスを抱えている。

日頃外へ出していないだけだ。

なのに他人に迷惑をかけた者だけが、その気持ちを分析され、庇《かば》ってもらえるんでは、まったくやりきれない。お前も馬鹿をしろと、言われている気分だ。

「とにかく」

眉間に皺を寄せつつ、のり子は話を続けた。

「最初中里君は川又に、小さなマジックマッシュルームを、ひとつ買えとすごまれたの」

彼は怯《おび》えた。暴力をふるわれるかもと、勝手に想像して、震え上がってしまった。

「で、買ったのか？　まずいことしたな」

洋介がため息をつく。

「次から断れなくなるぞ。一回だけで終わるわけがない」

その推測は当たっていて、川又は次々と中里に茸を買わせた。おまけに押しつけてくる茸の量を、増やしてくる。

「代金はどこから出たんだ？　ほう、貯金で買ったのか。それで、買った茸はどうしたんだ？　使ったんじゃないだろうね」

飯田は医者だけに、心配そうだ。のり子は首を振る。

「家の生ゴミの中に捨てたって」

だがすぐに中里は、お金が続かなくなってきた。もうじき買い取れなくなる。そうなったら、怖くて学校に通えなくなりそうだと中里に打ち明けられ、友三人は頭を抱えた。

「もし不登校になったら、推薦取り消されちゃう。でも中里君は、学校で川又に会うのが怖いのよ」

「脅されたとはいえ、中里君がマジックマッシュルームを買ってたんじゃ、先生に泣きつくわけにもいかないな。川又の方の言い分も、先生は聞くだろうし」

テーブルに頬杖をついた洋介が、ため息をついている。

「川又の学校での評判は、既に低空飛行もいいところなんじゃないか？　つまりそいつは、今回、茸を売りつけた件が、いっそ表沙汰になるのを望んでいるかもしれないな」

そうすれば、これ以上川又が何もしなくても、中里は素行不良で推薦が消えそうだ。だが川又はまだ十三歳だから、脱法ドラッグを持っていたところで、評判以外は傷がつかない。

「中里君は今、将来のために学校を休めないし……でも、もうお金もないの！　あの……あの、洋介君なら、どうにかできないかな？　助けてほしいんだ！」

先生には頼めない。中里や西根やまゆりの親でも駄目だ。川又からは救ってくれるだろうけど、大騒ぎにしてしまいそうだから。音大付属の推薦が駄目になってしまう。

唯一、うまく助けてくれる可能性ありと四人が判断したのが、未だ得体の知れないのり子の親、洋介だった。そう言いだしたのは西根で、普段からのり子がする洋介の話を、面白そうに聞いていたのだという。

「正直言うと、私は洋介君に頼むこと、反対したんだ。何か、大丈夫だって思えなくて。だから缶に茸を入れて、反応を見てみたの」

「ほう、慎重だな」

聞いてきたのは花立だった。洋介の方を向くとにやにやと笑っている。

「友達、大事なんだ。すごく、すごくすごくすごく大事なんだ」

のり子はテーブルの上に放り出されていた『とっても不幸な幸運』の缶を、ぎゅっと握りしめた。

祖母に死なれたと思ったら、早々に転居しなければならなかった。父子家庭となったのに、平日はほとんど父親の顔すら見ない。親への不満まで話せる友達に、転校後すぐに出会えたのは、奇跡みたいだった。

「今は洋介君より、まゆりたちの方が私の日常、よく知ってるよ。もし洋介君が、その大事な友達を助け損なったら、私も責任感じるもん」

自分が関わらなかったときより、何倍もつらい。ところが深刻な顔ののり子に向かって、洋介が言った言葉は、一言だけ。

「けっ」

という短いものだった。

「ドラマティックな考えに浸ってんじゃないぞ、のり子！　事がお前の説明通りなら、悪いのは川又、被害者は中里、お前ら友達連中は、単なる傍観者だ」

そうだよなあと、花立が言葉を継ぐ。

「要するに不良に引っかかった。のり子ちゃんの友達が、その要求をびしっと断ることができなかった。そのせいで、うまい話が逃げていきそうなんで、誰にもばれないように、こっそり始末をつけてくれってことだろ？」

「そういう面を考えてみると、身も蓋もない話だね」

飯田まで洋介に同意しているようで、のり子は顔が真っ赤になってくる。そんなふうに……今回のことを考えたことはなかった。自分たちは被害者で、悪いやつらにはめられたんだ、酷い目に遭っているんだと、そう思っていたのだ……。

「それで、どうするんだ？　本当に俺に、後始末を頼むのか？」

ただし、と洋介に釘を刺された。

「どんな都合のいい未来を思い描いているかは知らないが、お前らの注文通りの結末になるかどうかは分からんぞ。俺は俺の思う通りにやるからな。それでもいいなら動いてやる」

規格外れの父親が言う。

（この状況って、ラッキーなんだろうか。それともアンラッキーかな）

のり子は手の中の、奇妙な名の缶を見た。

『とっても不幸な幸運』

この缶を開けてしまったのだ。今、巡ってきているのは、その結果なのだろうか。とても『幸運』いっぱいの成り行きとは思えない。でもこんなんじゃ『不幸』だと嘆いたら、また洋介に特大の嫌みを言われそうだ。とにかく協力してやると、洋介は言っているのだから。

『酒場』の中が静まっている。皆の視線が痛い。どうしたらいいんだろう、三人の友に相談する暇もない。今、のり子が決断しなくてはならないみたいだ。

中学生にこんな判断をさせるなんて、やっぱり洋介は変わった親だと思う。普通は子供だからともっと庇うか、ガキのたわごとと、端から相手にしないか、だ。

「のり子？」

返事をした。

6

三日後。学校の人気《ひとけ》のない校舎裏で放課後、中里とのり子たち四人は、川又と向き合う羽目になった。川又は珍しく取り巻き連中を連れていない。

だが目がつり上がり、明らかに怒っている。わざわざこんな場所にのり子たちを呼び出したからには、殴ってくるかと思ったが、手は上げなかった。口の端をひん曲げながら言う。

「何もしないさ。今、先生たちがぴりぴりしているからな」

今日、何人かの父兄の所に匿名電話があったのだ。川又や、その子分の家にだ。子供が薬物に手を出している。親の躾《しつけ》が悪いからだ、薬物を取り上げろと言ったらしい。薬物と聞いて驚いた親たちが、慌てて学校に、変わったようすがないかと連絡を入れたらしい。

「おまけに、その名乗らなかった奴は、警察に相談するって言ったんだとさ。困るよなぁ、そんなことされちゃ。俺は茸を売った、お前は買ったんだもんな、中里」

だんだん話し方が、きつくなっている。のり子たちが話を外に漏らしたのではないかと、疑っているのだ。いい勘をしているというところか。

「うちの親がパニックを起こして、殴られそうになった。当分おとなしくしてないとな。お前も余分なことは言うなよ」

にたりと笑って口止めしてから、しばらくは金を貯めておけよと中里に言って、川又は去っていった。脱法ドラッグを止める気はないみたいだ。中里を脅し続ける気、満々だ。親にばれかけているというのに、何の反省もしていない。

のり子たちは、顔を見合わせた。匿名電話とは！

「……親に電話を掛けたのって、きっと、のり子ちゃんのお父さん、小牧さんだよね」

西根の言葉に、まゆりが頷いている。体から力が抜けた。中里も西根も、ため息をついている。これが洋介流の〝何とかしてやる〟なんだろうか。

今日は金を巻き上げられなかった。しばらくの猶予ができた。だがこれでは、問題が先送りされただけで、何一つ根本的な解決がなされてはいない。中学生の頭で考えても分かることではないか。

「でも、のり子のお父さん、確かに動いてはくれたんだし」

まゆりがのり子に気を遣っている。のり子は首を振って、帰ろうと三人を促した。もう一度話し合って、これからどうするか考えなくてはならない。裏門から出ようかと、校舎の外へ目を向けたとき、思わず目を見張った。

路上の車の脇に、洋介が立っていた。

「洋介君、何でそこにいるの？」

「あの……電話を掛けて下さって……どうも」

「初めまして。まゆりです」

「そのですね、小牧さん。今回のり子ちゃんに頼み事したのは、実は」

「話は車の中で聞く。全員乗れ。駅まで送っていく」

西根の言葉を断ち切るように、洋介がセダンのドアを開けた。のり子が助手席に、あとの三人は後部座席に収まる。このサービスはいったい何なのだろう。

「四人とも、殴られなくて何より。さっき一緒にいた体の大きな奴が、川又だろう?」

大きな通りに出ると、洋介の方から話し始めた。どうやら先ほどの一部始終を、金網の塀の外から見ていたらしい。

「まあ学校内で川又がキレて、無謀な行動を取るとは思えなかったがね。一応、のり子たちが怪我しないように、確認に来たんだ」

つまり、告げ口電話で川又が暴走したときは、止めてくれる気で学校に来ていたのだ。

「川又に……金を貯めておけと言われました」

中里がぼそりと言った。西根とまゆりに挟まれた席で、下を向いている。そこに、洋介の小さな笑い声がした。

「また脅されたのか? まあ、不満をこぼすな。それも今日までだ」

「でも……匿名電話じゃ、あいつは止まりませんよ」

西根がやや、きつく言う。洋介がますます笑った。

「今朝、俺が掛けた電話か？　あれは親に対する、単なる嫌がらせだ。子供の躾がなっとらんからな」

「嫌がらせ？」

それだけのために、わざわざ各家庭に電話を入れたのだろうか。

「十三じゃ、危ない薬に手を出しても、子供は責任を問われない。では誰が取るんだ？　親に決まってるじゃないか」

ただ親が真面目に説教をしても、最近の中学生が、素直に言うことを聞くとも思えない。

「それでも悲しいことに責任はある。だがまあ、あの川又ってガキの親をやるのは大変だろうから、あの程度にまけてやったのさ」

ああしておけば親も学校も、これからいっそう、川又の行動に気を配ることになる。次は警察沙汰になるぞと、たっぷり説明しておいたのだから。

「でも……それだけ？」

のり子は不満だらけだ。川又の行為が収まっていない。しかし……横を見ると、洋介がにやにやと笑い続けていた。

「川又は下校したら、今まで脱法ドラッグを回してもらっていた奴に、呼び出されることになってる。そしてもう、分けてもらえなくなるのさ。いつもたむろしている渋谷じや、他の奴からも買えないだろう」

他の盛り場に回れば、どこかで買えるかもしれないがと、洋介はあっさりと言う。

「どうやったんですか？」

西根が思わず大きな声を出した。

その時、車体ががくんと揺れ、止まった。

「着いたぞ。降りろ」

最寄り駅は近くて、ろくに話はできなかった。皆、解決法が聞きたくて、明らかに不満そうだ。すぐにドアを開けて出て行こうとしない三人に、洋介が小さくため息をついた。

「おい、中里君」

名指しされて、中里がさっと緊張した。洋介は後部座席を向くと、はっきり言った。

「今回のことは、お前に落ち度があった。友達にも迷惑をかけたろうが。川又に最初に茸を買えと言われたとき、お前は断らなきゃならなかったんだ」

「だって、洋介君、それは」

「のり子は口を挟むな！」

怒鳴ったわけではなかったが、洋介の口調には容赦がない。中学生でなく、一人前の人間を相手にするように、びしっと話している。

「中里君は将来、プロの演奏家になりたいんだよな。音大付属に行って、将来は留学をしたいって？　それで音楽の先生になりたいわけじゃあるまい」

「……ピアニスト、目指してます」

のり子は初めて本人の口から、その決意を聞いた。西根のように総理大臣希望、などと言う方が、珍しいのだ。何故ならなれなかったときに、かっこ悪いから。ちょっと、だいぶ、すごーく惨めだし。

「ピアニスト希望者は、世界中にごまんといる。才能のある奴だって、少なくないだろう。そんな中で、ちょいと強く言われたからって、人の言いなりになっていたんじゃ、やっていけないんだよ」

才能で勝負する世界では、気力が強くないと、のし上がれない。以前『酒場』に通っていて、今は名の知れたピアニストになっている女性など、半端じゃない性格をしていたという。

「何しろ口を開くと機関銃のようで。自分の意見を、法律と間違えているところがあったし、酒癖は悪いし、高飛車《たかびしゃ》だったしな」

だが、しっかりと己を持った人間だった。その胆力《たんりょく》を頼りに留学し、成功を摑んでいった。洋介が口にしたその人の名を、のり子は知らなかったが、中里には分かったようだ。頭を下げた。

「意気地《いくじ》がなくて済みません。友達にも……迷惑かけました」

「OK、分かったのならいい。ほら、三人は降りてくれ。今回は、のり子が世話になっているから手を貸したが、次はなしだからな」

「あ、ありがとうございました」

礼の言葉と共に、車のドアが閉まる。三人がいなくなったあと、信号を一つ過ぎたところで、のり子は手を伸ばし、隣に座る洋介の引っ詰め髪を引っ張った。

「洋介君、今、話を誤魔化したでしょ。どうやって解決したのか、答えなかったじゃない！」

「こらっ、止めないか！　事故になるだろうが」

それでもわいわい責め立てていたら、じきに降参した。そしてハンドルを切りながら、大きく笑う。

「裏口を使ったんだよ。健全なる青少年には、あまり聞かせたくないことだろう？」

「裏口？」

「川又が顔を出す場所を調べ、その辺りで脱法ドラッグをさばいているところを掴んで、そこと話をつけてもらった。知り合いにな」

「知り合い？　非合法なことに、口を出せる知り合い？」

「客の弟だ。なかなか話の分かる人でね」

いくらなんでも中学生相手に、しかも学校で脱法ドラッグを売ったとなったら、警察だって放ってはおかない。しかも親に匿名電話があって、そのことが表沙汰になりかけている。売買ルートから、弟の関わっている組が引っかかったら、まずいんじゃないのか。そう話を持っていったのだ。

「……そういうやばい話のできるお客さんも、あの店にはいるんだ」

きっと、あの花立というごつい客だ。そう考えていたら、その客は、今はちょいと出られない所に入っているという。だから、客の弟に手を回してもらったのだ。

「まあ、娘の中学校に妙な薬なんかばらまいたら、兄の阿久根《あくね》が出てきても、金輪際《こんりんざい》『酒場』には入れないと、そう啖呵《たんか》も切ったがね」

「阿久根……さん？　その怖そうな人って、花立さんのことじゃないの？」

赤信号で止まっていて、良かったかもしれない。洋介が心底驚いた顔で、のり子の顔をしばらくまじまじと見つめていた。

それから、盛大に笑い出す。

「はっはあっ。こりゃいいや。はははは、花立に聞かせてやりたい。いや、ぜひに。ふははっ」

すぐには喋れないくらい、笑い続けている。信号が変わり、しばらく笑いながら走ったあとで、洋介はにやにやしながら言った。

「花立は警察関係者だ。しかも我が親友は、結構偉いんだぞ。キャリアだからな」

「は……？」

言葉に詰まる。どう見ても……堅気じゃない雰囲気なのに、捕まえる側なのか。

のり子の思い違いが、よほど面白かったのか、洋介はずっと機嫌良さそうに運転していた。そのうちに窓の外が、大きなビルばかりになってきて、のり子はどうも自宅に近づいていないことに、気がついた。

「どこに行くの？」

「『酒場』だ」

「えーっ、家には送ってくれないの？　ここから電車で帰るんだったら、学校から帰った方が近いのに」

文句を言うと、変な返事が返ってきた。

「ビーフシチューと、焼きたてパン。アボカドと海老のサラダ、自家製ピクルスだ」

「それ何？」

「晩飯、食べていくか？」

「いいの？」

どうしてそんな嬉しいことを言いだしたのかと聞けば、のり子が一人で夕食をとっていることについて、店では非難が続いたらしい。オヤジ世代は、女の子に優しいのだ。

店長は客と娘、両方に食べさせなくてはならなくなった。仕方なく唯一の方法を選択した。食べる人間を、一ヶ所に集めればいい。

「だが店に来れば、どうしても帰りが遅くなるだろう。毎日は駄目だぞ。新宿に来るついでに、夜遊びをしてもいけない」

「週の半分くらいならいい？」

「……着いたぞ」

どうやらOKらしい。のり子はぴょんと車から降りて、先に駐車場を出た。洋介を待たずに、さっさとネオンの点き始めた新宿の道を歩く。見覚えのあるビルを見つけると、『酒場』へ続く階段を降りていく。

『酒場』と書かれた店名の前で、ふと立ち止まった。前にこの店に来たとき、小さな缶を握りしめていたのを、思い出したのだ。

『とっても不幸な幸運』

あれを開けたあと、色々なことがあった。気を揉むことがあった。でもここ何日か、久しぶりにたくさん洋介と話したし、何となく前よりは、洋介のことが分かってきた気もする。しかもこれからは時々、『酒場』に来てもいいみたいだ。

（じゃあ結局、あの缶には『幸運』が入ってたってことかな）

ちょっと考えたあとで……首を振る。開けた途端、脱法ドラッグ絡みの騒ぎに巻き込まれた。あの奇妙な名前の缶は、お優しいだけのものではない気がする。もっと、根性が入っていそうだ。

（あ、そういえば缶絡みで、まだ一つ答えの出てないことがあったっけ）

後ろから、洋介が階段を降りてくる足音がする。のり子は店の扉の前で振り返って、残った謎について、質問した。

「ねえ洋介君、まだ一つ、答えの出てない疑問があった。私が見た、電子レンジの扉に映ったお母さん、何だったのかな」

洋介が一瞬、言葉に詰まった。

「あれは……のり子の狂言じゃないのか？　その、俺が朝早く起きないから……」

「あらら」

つまり、理由の分からないことは、そのまま残ったみたいだ。あの缶は、確かにぶっ飛んだ代物《しろもの》だったのだ。いったい何で、あんな缶とご縁があったのだろうか。

「まあいいか。ちょっとくらい分からないことが残っても。色々あったけど、これからは洋介君と一緒に夕飯を食べる日も増えるし、何より洋介君のこと、〝お父さん〟て感じがしてきたし」

やや呆然とした顔の洋介に笑いかけると、そのまま『酒場』のドアに手をかけた。この『酒場』に入ることだって、もしかしたら『不幸』に繋がっているかもしれない。

（でもきっと、『幸運』も転がっているわよ）
中に入ると、オヤジたちの歓迎の声が、大きく聞こえた。

第二話

飯田はベートーベンを聴く

1

「飯田諒一《りょういち》。あいつは人殺しだ」

気がついたとき飯田正行《まさゆき》は、『酒場』のカウンター前でこう言い放っていた。自分自身でも、予定外の発言だった。

だがもっと考えもしなかったのは、この『酒場』という店が酒場であるにもかかわらず、女っ気が全くなかったこと、そして店長が、やくざとベテラン刑事に似た凄み付きの笑みを浮かべて、馬鹿を言った自分を見ていることだった。

（……この店にはきっと、大型のオーブンがあるよな）

脈絡もなく、不意にそんな考えが浮かぶ。気に入らない〝何か〟を骨まで燃やしてしまえる便利な調理器具がここにあっても、小指の先ほども驚かない。何故だか思い出されたのは、宮沢賢治の『注文の多い料理店』という童話だった。

三十分前、飯田正行は、とあるビルの地下一階にある、『酒場』という店の前で立ちつくしていた。確かに営業中だ。店名プレートの脇には、小さな明かりが点いている。だが奇妙なことに入り方が分からなかった。ドアが開かないのだ。

酒を飲むだけならば、巨大歓楽街を抱えた新宿では山のように選択肢がある。しかし正行は今夜、何が何でもこの『酒場』で一杯やる気でいた。ここでなくてはならないのだ。

だからしばらくして、客らしいすだれ頭の中年男が階段を降りて来たとき、一緒に入れると思い、ほっとした。その中年男は正行の姿を見た途端、不可思議にも口に微かな笑いを浮かべた。

(ん? 何だろう)

正行が眉をひそめている間に、地味な背広姿が地下の踊り場まで降りてくる。

その時、驚くべきことが起こった。客がまだ触れてもいないうちに、『酒場』のドアが内からさっと開けられたのだ。

「何故だ?」

正行は一瞬、間抜けな声を出して立ちつくしていた。その間に、扉はすだれ頭の客を飲み込んで、閉じてゆく。

「おい、ちょっと待ってくれっ」

懇願したが、ドアは動きを止めない。とにかく用意してきた紹介状代わりの品を、ドアの隙間から店の者に見せようとした。

『とっても不幸な幸運』

正行がポケットから出したのは、側面に大きくそう書かれた小ぶりな面白グッズ、百円ショップの品だった。

だが正行には運がなかった。閉じかけたドアが腕にぶつかり、高さ十センチほどの缶は店内に転がり落ちてしまう。

「わっ、待ってくれ!」

慌てた時には戸が閉まっていた。小さな踊り場に一人、また立ちつくす。

(なんてこった。どうしよう……美月《みづき》!)

力ずくでこじ開けようにも、ドアは見とれるほど頑丈そうだし、こちらは腕っ節に、とんと自信がない。それに職業上、荒っぽいことはできなかった。正行は結構名の知れた交響楽団の、チェリストなのだ。

(指を傷つけでもしたら、仕事に差し障る。長期間弾けなくなったら、楽団からお払い箱にされるかもな。今、交響楽団はどこも経営が苦しいから……)

ため息と共に、ドアを背にしゃがみ込み、己の手に見入っていたとき、突然背後でドアがまた開いた。振り仰いだ目に映ったのは、白いシャツで覆われた長い腕。それは正行の襟首をひっ摑むと、いきなり店の中に引きずり込んだのだった。

転がり込んだ『酒場』は、思いがけず広かった。ぐっと落ち着いたムードの照明の下、テーブル席から大勢の客たちが正行を見つめている。髪を赤と金に染めた若者が、無愛想な顔でカウンター脇に立っていた。「いらっしゃいませ」とさえ言わないが、どうもウェイターらしい。

(よし、とにかく入れたぞ!)

ほっとして立ち上がった途端、背後でわざとらしい大きな音と共に、ドアが閉じられた。

「うっ……」

思わず振り返ると、背の高い人物と目が合った。相手は一七一センチの正行を見下ろしているのだから、そうとう上背《うわぜい》がある。腕も指も長く、髪は後ろで引っ詰めていた。シャツ以外黒ずくめだ。

男は手を正行の顔前五センチにまで近づけてきた。先ほど正行が酒場の中に落とした缶を、指先でつまんでいる。彫りの深いきつい顔立ちが、なんとも不機嫌そうだ。低い声が尋ねてくる。

「それでぼうや、こんな缶を持ち込んできて、何の用だ？」

正行は既に三十を越えている。ぼうやと呼ばれたのは、なんとも久しぶりであった。

2

「自分は飯田正行といいます。この店の常連、飯田諒一の妻の遠縁の者です」

「医者の飯田さんの？　あんたのことは聞いてないなぁ」

不信感を顔に浮かべた背の高い人物、彼はこの店のオーナー店長だと名乗った。入ってすぐ左にあるカウンターの中ほどに腰掛けた正行を、今、半眼で見下ろしている。

（客商売だろうに、偉そうな奴だな）

だが落ち着いて見てみれば、店内の方はなかなか感じが良かった。正行が座っているカウンターの奥には、ピラミッドのように酒が並べられていて、アール・デコ調の照明が柔らかくそれらを照らしている。客らが座っている椅子やテーブルは、皆少しずつ形が違うから、アンティークなのかもしれない。全体にさりげなく金がかかっていた。

（へえ……）

迫力のある店長はよく見れば意外と若く、正行と二、三歳の差しかないようだ。諒一と同じくらいだろうか。しかしこの男と正行では、全身から醸し出される威圧感が違った。薄暗い店内で彼と話すと、店長が身に纏《まと》っている空気の重みでこちらの頭が下がる。我知らず言葉が普段より丁寧になっていた。

「諒一さんからこの店のことを聞いて、新宿に来たら一度寄りたいと思っていたんです」

「なら何で、医者が一緒に来ていないんだ？ ここは一応、紹介のない初見《しょけん》の客は歓迎されない建前だ。飯田さんは知っているだろうに」

「変だよなぁ。飯田さんがこの店の場所を教えたのなら、正行さんは彼と親しいはずだよな。なのに、あんたの名前は初めて聞いた」

店長と正行の話に割り込んできたのは、後ろのテーブル席にいた、先刻会ったすだれ頭だった。花立という名らしい。

（同じ客なのに、ずいぶんと態度が大きいな）

むっとしたが、他の客や店長も正行の返事を待っているようすだ。答えねば格好がつかなかった。

「ここのところ奥さんの具合が悪いんで、諒一さんは来られなくて」

正行は入院中の美月の体調を、控えめに語った。細かいところまでは言う気になれない。先日病室で見た彼女のようすが、頭の中を過《よ》ぎった。無力感に胸の奥の方が痛む。

『もう……間に合わない。分からない……』

ベッドの上の美月は、か細い声でそう言っていた。既に起きあがることもできない状態だ。今、治療は痛みを和《やわ》らげる方に切り替えられている。見ていて涙が滲《にじ》んだ……。

「確かに最近、美月さんの病状、芳《かんば》しくないとか。なるほど赤の他人じゃないようだね」

こう答えたのは別の客で、歯磨きのコマーシャルが似合いそうな正統派の男前は、マジシャンと周りから呼ばれていた。

「何だか……この店にいる方々は、気味悪いくらいお互いのことをご存じなんですね。皆さん、ただのお客なんでしょう？」

思わずそうこぼすと、店内のそこここから面白がっているような声が返ってくる。店長がにやりと笑った。

「この店は常連さんばかりだからな」

（常連さん？　どういう仲間なんだか）

ちらりと客席に目をやった正行の眼前に、店長がまた缶を突きつけてくる。

「で？　これを持ち込んできた意味は？」

「『酒場』でこの缶が話題になったと聞いたからで。諒一さんが一緒に来なくても、缶が紹介状代わりになるかなと思ったんです」

「まあねえ。店長には印象深い缶だよなぁ。あの缶のせいで、のり子ちゃんに孫の手でひっぱたかれたからねえ」

客らが笑っている。店長は苦い丸薬《がんやく》を嚙みつぶしたような顔をしながら、指で缶をもてあそび始めた。しばらくして缶を置くと、グラスを出して大きな丸い氷を一つ入れ、ウイスキーを注ぐ。正行はほっと笑みを浮かべた。

（やっと客として認知されたかな）

一服して落ち着こうと、カウンターの灰皿を引き寄せ、煙草に火を点けた。途端、向かいにいた店長の手が伸びてきて、正行の目の前から灰皿を引っ込める。形の良い指が再び目の前に近づいてくると、正行の煙草を奪い去り、火をもみ消してしまった。

「ちょっと、何するんですか！」

気色《けしき》ばんだ初見の客に、店長はにたりと笑いかける。問いには答えず客らの方を向くと、しゃあしゃあと問題を出した。

「さて俺は今、この正行さんに喫煙を許さなかったわけだが、理由の分かる奴は？」

言い終わると、自分で作ったウイスキーを飲みだした。正行のものではなかったのだ！

「頭脳労働をする対価は何だ？」

「これしきのことに報酬を求めるのかよ。しょうがない客たちだな。分かったよ、ウイスキー一本だ」

口も行動もとんでもない店長だが、吝嗇《りんしょく》ではないようで、カウンター奥、酒のピラミッドの中から、濃い琥珀《こはく》色の瓶を指さした。

「ラガ・ヴーリン。12年ものだぞ」

「これはがんばらねば」

店内に島のように散らばっているテーブル席から、男たちが楽しそうに応じている。いつの間にやら正行は、今夜の酒の肴《さかな》にされてしまったようすだ。自分の目つきが、きつくなってくるのが分かる。

（まったく何て奴らだ。こんな奴らだから、きっと……）

「悪いな。店長は今日、何か思い出せないことがあるらしくって、機嫌が悪いんだ」

ウェイターが正行の隣に立って、一応謝ってきた。しかしこちらも顔に、にやにや笑いを浮かべている。客らは競って推理を始めた。

「正行さんとやらが、飯田さんの知り合いなのは間違いがないな。彼が、『とっても不幸な幸運』の缶の話をしたんだから」

「本物の身内か？　でも店長は渋い顔だぞ。この辺にヒントがあるな。彼が紹介者を伴わずに来た理由だって、もっともらしいが、何か怪しい気がする」

「どこが妙なんです？　諒一さんは今日、美月に付き添っているから……」

思わず客の会話に口を挟んだ正行の言葉を、派手な頭のウェイターが遮った。

「遠縁の人妻を呼び捨てにするのか？　ずいぶん親しげだなぁ」

「彼女は儚《はかな》い感じの美人だ。写真を見たことがある。親密になりたいよな、男なら」

奥の席から、からかう声が飛んでくる。正行は椅子の上で黙り込み、唇を噛んだ。

（冷静になれ。今日は特に、だ）

その時花立が、ウイスキーはもらったと言って立ち上がり、一席ぶち始めた。

「正行氏はすんなり飯田姓を名乗っているし、『とっても不幸な幸運』の缶の話を知っているのだから、本物の親戚だろう。だが何か意図があって、飯田医師に内緒で『酒場』に来たかったんだと思う。医者は今日、正行氏がここに来ることを知らないな。気の利く彼から、電話一本来ないからな」

あっさりと見抜かれ、正行は顔が引きつった。だが男の話はそれしきでは終わらなかった。

「問題は何故この男が医者に内密で、ここに来たかったか、だが」

こちらを向いた花立の視線が、徐々に重くなってくる。正行は冷や汗が出てきた。店に潜り込んだ早々、こんな話になるとは思いもよらなかった。酒を飲みながら、こっそりと安全に、客たちに探りを入れる腹づもりだったのだ。

「正行さん、あんた親戚ながら、実は飯田医師を快く思っていないだろう？　彼を何やら疑っていて、行きつけの酒場に素行を探りに来たんだ。まともな客じゃないから、店内で客として振る舞われるのはごめんだと、店長に煙草を取り上げられた、というわけだな」

花立がさあどうだという顔をして、話を結ぶと、カウンターの方を見た。店長がウイスキーの瓶をひょいと肩に掲げる。

「やられたー」

という声が店内を行き交う。店長は瓶を持ってカウンターを出ると、正行の脇をすり抜けた。その時、瓶で頭を叩き割られそうな雰囲気を感じて、正行は思わず、首をすくめてしまった。

それを見逃さなかった店長の口元に、嘲《あざけ》るような笑いが浮かぶ。猛烈な恥ずかしさと怒りで、正行は臓腑がひっくり返りそうだった。

(何で俺が、笑われなくっちゃならないんだ?)

こうまでうろんな奴と思われているのだ。良き客を装わなければならないお義理は、もはやない。正行は腹を決めると席から立ち上がり、店の者全てをねめつけた。

「そんな中途半端な結論で、ウイスキーを賞品に出していいのかい? 確かに俺はあることで飯田諒一を疑っている。胡散《うさん》臭いのは、俺じゃなくて諒一さんだ!」

「飯田さんが何をやらかしたと思っているわけ?」

声は店長のもので、いたって冷静だ。ウイスキーボトルは花立に渡されないまま、淡い照明の中、店長の手の上でくるりと宙を舞っている。古酒の宝石色の影が、壁で揺れていた。正行は思わず言い放った。

「飯田諒一。あいつは人殺しだ」

告発する声だけが、妙に甲高くきつく、薄暗い地下の店内に響いていた。

3

「ほう、それで、飯田さんは誰を殺したんだ？」

店長はあまりにもあっさり、話の先を促した。正行は椅子の肘掛けを握りしめ、必死に自分を抑えた。紙一重《かみひとえ》で馬鹿にされている気がしたからだ。

「千夜《ちや》だよ。美月が産んだ子だ」

この叫びに似た答えに、客たちから渋い声が返された。

「おい、千夜ちゃんて、飯田さんの亡くなった娘さんだろう。死産だったっけ。それとも生後何日かで亡くなったんだったかな。何年前の話をしてるんだよ」

「七年？　もう八年経ったか？　飯田さんはあの話をしたがらないからなぁ。人殺し？」

客らは正行の言葉に驚いてはいたが、それを信じているようすはない。無理もない話で、飯田家の娘が死んだ理由は、未熟児が生き延びられなかったためとされていた。しかもとっくに昔話になっている。

千夜が生きていたのは二日間だった。今では正確に覚えている者も少ない。

「千夜が亡くなったとき、俺は留学していて美月に力を貸せなかった。日本に戻ったときは、もう終わった話として扱われていた」

「そのことを何で今さら、引っ張り出してきたんだ？　どうして娘さんのことが、殺しに化けるのかね」

当然の質問がなされた。

「今、この話を蒸し返したのは、美月のためだ。彼女は今度こそ本当に、いくらも持たない。痛み止めで最近ぼうっとしているが、それでもずっと気にしていることがあるようすだ。すっきりさせてやりたいんだ」

「その悩みが千夜ちゃんのことだと？　それにしても人殺しとは、お前さんの思いこみじゃないのかい？」

客からの声に、正行は首を横に振った。カウンターの上を指さす。

「今日持ってきたそいつ、『とっても不幸な幸運』の缶を病室で開けたときに、思いもよらないことが起こったんだ。その時の美月の言葉からして、人殺しがあったのは間違いない」

正行の発言を聞き、店長が強ばった顔でのけぞっていた。カウンターに放り出されていた缶の蓋の、破かれたシールを見つめている。

「これを開けたのか？」

「蓋を取ったのは俺じゃない、諒一さんだ。美月の気を引き立てる話題にと、彼が缶を病室に持ち込んできたんだ」

「……あの医者、度胸の良いことをして」

店長のため息まじりの言葉に、酒場のそこここから小さく笑い声が上がっている。

「前に缶を開けたあと、一騒動あったからな。店長の大事なのり子ちゃんが、ドラッグ絡みの件に巻き込まれているからねえ。あの缶は名前の通り、妙な代物なんだよ」

「電子レンジに映った、奇妙な人影の理由は、誰か分かったのかい？」

「いや。あれは……誰にも分からないだろ」

客らの意味のよく分からない会話が聞こえる。

（この店長、なんと子煩悩なのか？）

どことなく、店長が怖いばかりの男ではないと感じたのは、この時が初めてだった。

「美月の部屋で缶を開けたとき、俺もちょうど居合わせて、とんでもないものを見聞きしたよ。何があったか話しても、あんたたちは信じないかもしれないけど」

正行は三日ほど前の驚愕を思い出して、話を止めた。店長は何を思ってか、新参の客の隣で腕を組み、深くため息をついている。

「また死人でも現れたか……」

「は？」

「いいから言え。信じてやるから。そいつから何が出てきたんだ？」

「それが……蓋を開けた途端、中からメロディが聞こえてきたんだ。『エリーゼのために』だった」

「ベートーベンか」

「初めは缶の中に、小さなオルゴールでも仕掛けられているのかと思った。でも……」

中を確認しても、何も無かったのだ。小さなＩＣチップ一つ、付けられてはいなかった。ただの空き缶があるだけ。空っぽだった。

「大したことじゃないと思うかもしれないが、俺はあの時震えが来るほど怖かったよ」

正行はそう口にすると、一呼吸置いてから店長らを見て、驚いた。

（何だぁ？）

こんなにも奇妙な話を、周りの誰も否定するようすがない。それが却って薄気味悪く、少し小さくなった声で先を続けた。

「諒一さんも首を傾げていた。缶を穴の開くほど見ていたからな。そうしたら突然、べッドの上の美月が、泣き出したんだ」

また話の間をあけた。劇的効果を狙ったわけではない。美月の弱々しい姿を思い出すと、言葉が喉につっかえるのだ。

正行はあの夜、病室で交わされた三人のやりとりを口にした。


「この曲は嫌い。千夜の……お葬式を思い出すわ。葬送曲みたいに聞こえる」

妻の言葉を聞き、諒一はすばやく空の缶をしまうと、謝った。

「変なものを病室に持ち込んで、悪かったよ。こんなものが聞こえてくるとは思わなかった。悪かったね」

「千夜だけは、無事に産んであげたかった。ねえ、あなたもそう思っているでしょ？」

諒一がベッドの脇で一瞬怯《ひる》んだのを、正行は見逃さなかった。諒一の手が、缶を固く握りしめている。

「あの出産では、美月自身も危なかったんだ。お前が助かってくれて、俺は神様に感謝したんだよ」

そう言う諒一の言葉に、美月は返事をしない。

（美月はどうしてあんな……当たり前のことを、諒一さんに聞いたんだ？）

正行は二人の会話の中に、無数の細かい棘《とげ》があるように感じられてならなかった。病《やまい》が悪化している妻と、それを心配する夫の会話なのに。しかも諒一は医師で、美月の病状を誰よりもちゃんと把握しているはずだ。いつ人生最後の会話になるか分からない時なのに、何ともぎこちない。

（やはりこの二人の結婚は、失敗だったんだ）

たとえ病室の中が花で溢れていても、ここは薄ら寒い感じがするではないか。そう確信したとき、新たな不信感が、心の中に芽生えてきた。

（さっき美月は『エリーゼのために』のことを、葬送曲だと言った。やはりあの噂を知っていたんだ。だから……）

その時正行の頭に浮かんだのは、以前聞いた諒一の噂話だ。自分がいない間に、美月と亡くなった千夜に、何があったのだろうか。正行は病院の者からさらに話を聞くため、そっと美月の病室から出て行った。

「だいたい諒一さんは胡散臭いんだよ。何か隠している。医者としての腕は良いが、昔っから隠し事の多い、いけ好かない野郎だった」

咳が出て、言葉が途切れる。そこで一息ついた。正行はゆっくりと椅子に座り直す。

「隠し事？　どういうことだ？」

「……俺ばかりが質問されているじゃないか」

酒場のあちこちから自分に向けられている視線を見返し、正行は顔をしかめた。どう考えてもこんな話をするつもりで、この『酒場』を訪ねたのではなかった。自分の方が諒一の噂話を拾う気だったのだ。なのに、もうずっと取り調べを受けている気分だ。

「すねているのかい、ぼうや」

笑いを含んだ声が右側でしたので、思わず横を向いて睨み付ける。その途端、右頰に冷たい固まりが張り付いた。「ひゃっ！」情けないような甲高い声が正行の口から漏れる。

「おやぁ、ごめんね。驚かせたかな」

店長が、人の悪そうな笑みと共に、小さなチューリップ型のグラスを正行の頰から離し、そのままカウンターに置いた。中に濃い琥珀色の酒が入っている。正行はそんなものに驚いて声を上げた己に、涙が滲んできた。

「一杯おごるよ、ぼうや。ボウモアの21年ものだ。だから膨れてないで、飯田さんについて承知していることを話しなよ」

客を良く知らないなんて、落ち着かないからなと店長が言う。

（店にいる者が皆、知り合いを通り越して親族みたいな方が、よほど薄気味悪いぜ）

だがこのまま何も言わずにいたら、せっかく入った『酒場』から放り出されそうな気がする。やけくそで上等なウイスキーを一息であおり、正行は何年も前の出来事から話し始めた。

口元に燻《いぶ》されたような強烈な、二十一年分の時の香りが漂っていた。

4

「諒一さんと初めて会ったのは、俺が音楽大学に入って間もない頃だ」

小さい頃からバイオリンを習っていた正行は、長ずるにつけ金のかかるようになった音楽を続けるために、遠縁の親類である飯田病院院長に援助してもらっていた。その縁で院長の娘、美月とも親しかった。

美月は昔から体も神経も細く、長期入院することが多かった。正行は美月を見舞いに病院へこまめに通っていて、その時勤務医である諒一を見かけたのだという。

「病棟には体の弱い美月のために、専用の部屋があったんだ。二階の西の端の特別室。窓の下は病院関係者や患者たちがよく散歩する、綺麗な庭になっていた。俺は子供の頃、美月の部屋の窓の下で、バイオリンを弾いてやったことがあったよ」

「うへえっ、そりゃまた……気障《きざ》だな」

ウェイターの健也が舌を出している。正行の顔がさっと赤くなった。

「子供のやったことだ。可愛いもんさ。美月は『G線上のアリア』が好きだった」

さすがに大人になってからは、そんなふうにストレートに好意を伝えることはできなくなった。入退院が繰り返されるなか、両親は一人っ子の美月に、支えてくれる夫を早めに持たせたいと希望した。

「俺は腹を立てたよ。だって援助してもらっている立場の音楽家希望の学生じゃ、夫候補として話にならなかったからな。案の定おじさんは自分の病院の医者を選んだ。優秀で将来医院を支えられるはずの、諒一さんをだ。あの頃は佐々木《ささき》諒一という名だった」

まだ若かった佐々木医師は、傍目《はため》には逆玉の輿《こし》に乗った形で婚約した。

「だが、あいつだけは選んでは駄目だったんだ。おじさんはとんだ奴を、美月の夫に据えちゃったのさ」

「ほうや、その理由は？」

店長の呼び方が気に入らず、正行はカウンターの上の、青い蝶の透かし彫りが施されたランプに向かって、答えを返した。

「諒一さんにはね、女がいたのさ。彼女は看護師たちに〝不滅の恋人〟って呼ばれていた」

美月が婚約した後で、正行は女の噂を聞いたのだ。見舞いに来たとき、確かな話を聞こうと病院の食堂兼休憩室へ足を向けた。すると質問するまでもなく、長期入院患者と看護師たちは、諒一の女性問題で盛り上がっていた。

「佐々木先生どうするのかしら。このまま結婚するのかな」

「今の女を捨てるのか?」

「相手の名は何ていうんだ?」

「例の女のことだろう。誰だかはっきりしたのかい? 看護師長の亜希子《あきこ》さんかね。それとも元患者のくるみさんか、蝶子《ちょうこ》さんかな」

皆、てっきり知った上で話していると思っていたのに、これは期待外れの会話だった。

「確かに佐々木先生には、ずっと前から好きな人がいると、皆、確信しているの。でも名前を誰も摑んでないのよね」

口べたの医師は私生活を語らず、暇を持て余した長期入院患者たちが全精力を傾けているのに、どこからも確たる話一つ拾えない。

「そんなふうだから患者さんの一人が、その謎の女性に〝不滅の恋人〟ってあだ名を進呈したのよね」

「はあ、誰だって?」

「聞いたことない？　ベートーベンが遺言で全財産を遺すと書き残した謎の恋人のこと」

音楽家が生涯得た全てのものを残したいと希望した相手は、遺言に〝不滅の恋人〟としか書かれていなかった。今に至るまで、色々な名が挙がるばかりで推測の域を出ず、誰だか特定されていない。

（それで諒一の恋人も〝不滅の恋人〟か）

燃えるような恋の相手にふさわしい名だ。だが現実問題として佐々木医師は、不滅の恋よりも出世が優先らしかった。

「結局〝不滅の恋人〟は誰だか分からないまま二人は結婚した。俺はその後留学したから、夫婦仲については知らないよ。だが二人の間に生まれた子は早産の後、ほどなく死んでしまった。美月はますます体を弱らせて、自分も死にかけている」

彼女が幸せだったとは到底思えないと、正行は話を締め括った。

「それが飯田さんの隠し事か。そりゃ女性問題はまずいけどさ、あんた、あの先生が人殺しだと言っていなかったっけ？」

終わった話に納得できないのはウェイターの健也だ。その言葉に答えたのは、正行ではなくウイスキー片手の店長だった。

「大方この正行さんは、飯田さんの女の噂が、美月さんに早産を引き起こさせたと思っているんじゃないかね」

「いやもしかして、飯田さんは結婚後も女と別れずにいて、それがばれて美月さんが早産をした、という話になるのかな」

花立の声もした。健也は露骨に眉をひそめている。そういう話は受け付けない、若さの塊のような年齢であった。

「あんたそれで、飯田さんが人殺しだと言ったのか？」

「諒一さんは、女も病院の跡取りの地位も、両方欲しかったのかもしれない。だが相手の女は、それが面白くなかった。結婚できなかった恨みから〝不滅の恋人〟が美月に嫌がらせをした可能性がある。それを知っていて女を庇ったとしたら、諒一さんも同罪だ」

女が美月の早産を引き起こしたのなら、二人は人殺し同然だと、正行は言っているのだ。健也が何か納得しかねる顔で、首を傾げている。

「なんだかなぁ、大して証拠がないまま、想像で話を繋いでいるみたいだ。肝心の〝不滅の恋人〟だって、本当にいるのかいないのか。そんな話をわざわざ『酒場』まで言いに来たの？　暇だなぁ、おっさん」

正行に向けられた健也の頭を、店長が持っていたウイスキー瓶で、後ろから軽くこづいた。

「健也の間抜け。このお兄ちゃんは真剣なんだぞ。ここへは〝不滅の恋人〟を探しに来たのさ。『酒場』は忙しい飯田医師が足繁く通う場所。ここに謎の恋人がいるとでも踏んだんじゃないかね」

「えっ？　だってこの店には……」

ウェイターが言葉を詰まらせたのも道理で、古い洋館仕様の店内には、見事なばかりに若くもない男しかいない。

「飯田さんが惚れる相手は、女のはずだがね」

にたりと笑った店長にそう言われ、正行は顔が赤くなるのを感じた。今時この大きさの酒場に一人も女性がいないなんて、思ってもみなかったのだ。

5

正行の戸惑いと共にいったん話が途切れる。その間に酒、肴の注文が続き、その声と競うように客たちが、謎の〝不滅の恋人〟について推測を交わし始めた。

「さて、愛妻家の飯田さんに別の女がいたとはな。〝不滅の恋人〟とは響きがいいね」

「美月さんの早産に、本当に女が関係していると思うか？」

その話に渋い声が割って入った。花立だ。

「実はその〝不滅の恋人〟が、千夜ちゃんを産ませないために、もっと積極的に動いた可能性を考えてみたんだが……」

「それは無理だ。亡くなったのは千夜ちゃんだけで、美月さんは無事だったんだ。襲われたのなら、人に言うさ」

間髪入れずに店長が否定する。

「そうだよなぁ……」

だが花立は、その考えを捨てきれないように見えた。

「本当に美月さんが〝不滅の恋人〟に襲われたら、飯田さんはどうしたかな」

飯田は妻を庇ったか、愛人の側についたか。犯罪者になったのかどうか。視線上にいたら皮膚が切れかねない眼差しが、店長と花立の間を飛ぶ。それをマジシャンがやけに明るい声で見事に断ち切った。

「だいたい〝不滅の恋人〟は、どんな女なんだ？　病身の妻や子よりも大事な女？　さてそこまでの佳人なぞ、実際には見たこともないが」

「女にはな、五割増しで麗《うるわ》しく見える瞬間があるんだよ」

和らいだ顔になって語ったのは花立だ。

「例えば薄暗いバーカウンターに、一人でいる時」

「月並みだが、喪服を着た女もそうだな」

「初めてセーラー服を着た少女も綺麗だ」客たちの声の最後に、「のり子ちゃんは美人になるぞ」という一言が続き、何故だか店長が露骨に嫌な顔をしていた。

「血迷うほどの恋の相手なら、誰でも絶世の佳人さ。諒一さんは見かけに寄らぬ情熱家なんだよ。問題は……その女がどこの誰かだ」

そう言い放った正行のグラスに、また店長が酒を注ぐ。

「店長、俺には例の酒をくれないのかい？」

花立が羨ましそうに首を伸ばしている。

「〝不滅の恋人〟は誰なんだ？　きちんと説明できた者に、こいつを渡すよ」

冷たい声が返る。再び店内に琥珀色の瓶獲得を目指し、推測が飛び交った。

「やはり一番の恋人候補は同僚だろう」

「それなら絶対ばれている。看護師の噂話を甘く見てはいけない」

正行がカウンター席から言下に否定する。

「学生時代からの恋人ということは？」

「もう調べたんだ。見つからなかったよ」

「幼なじみという可能性は？」

「幸せな結婚をしていた人が二人いた」

「この酒場にも昔いたよな。出入りを歓迎されたいい女が、確か四人ばかり」

この声に、カウンターにもたれかかった店長は、薄く笑うばかりで返事をしない。客たちはせっせと記憶を掘り返し始める。正行は己の鼓動が聞こえる気がしていた。

（そうか、何も今ここに女がいなくてもいいんだ。事件が起こったのは八年も前だ）

いけ好かない店長は頭は良さそうだから、過去にいた女の存在を、わざと黙っていたのかもしれない。

（この店にどんな人がいたんだろう）

何となく眼前にある硝子《ガラス》細工のランプより麗しくなければ、『酒場』に似合わず浮いてしまう気がした。

「四人のことは今でもよく話題に出ている。彼女らがいた夜は、満員御礼だったよ」

「一人は、店長の奥さんだな。早くに亡くなった。二人目は司法試験に合格した女だった」

客の声に、正行は思わず椅子から立ち上がった。

（頭のいい女！　法に触れないようにして、美月を追い込んだか？）

だが別のテーブルから声が掛かった。

「そのいい女なら、警察関係者の奥さんにならなかったっけ？」

話を向けられたのは花立だ。にやりと笑った彼を見て、正行の体から力が抜けた。

「確かに妻は綺麗だがね」

「三人目はピアニストだったな。この酒場で時々弾いていた。ベートーベン弾きだ」

華奢《きゃしゃ》な体に似合わない、大胆な弾き方をしていた女性。ベートーベン、という言葉に少しばかり期待した。

「残念でした。彼女は仕事で成功して、十年前にイタリアに移り住んでいるよ」

「……四人目は？」

「彼女はなぁ、一見、一番平凡そうだったが」

ごま塩頭の客によると、いつの間にやら姿を見なくなっていたということだ。正行は立ち上がった。

（その女なんだろうか）

目立たないように振る舞い、諒一とここで会っていたのか。いったい今どこに……。

「絶対に違うよ」

正行の突っ走る思いを、横から店長の声が断ち切る。

「理由は？」

睨み付けながら聞いた。

「その女は俺の再婚した女房だ」

「……二股を掛けられていた可能性は？」

「あいつも、もう死んだ。今さら確認できないな」

十年近く前に亡くなっているという。正行は大きくため息をついた。千夜が死んだのは八年前だ。

「おやおや、四人とも〝不滅の恋人〟ではなかったか」

客らは、からかうような声を掛けてくる。正行は一人、唇を噛んでいた。ここで人探しは行き詰まるのだろうか。〝不滅の恋人〟はベートーベンの場合と同じく、見つからないのか。次に何をどうすればいいか、正行には分からなくなっていた。どう諒一を追いつめればよいのか。

（美月……）

彼女の死はもはや目前に迫っている。その前に何としてでも諒一の過去を知らなくてはならない。そのためにここへ来た。そして気持ちをすっきりさせ、美月に言いたかった。飯田正行は……。

その時突然、店内に電話の呼び出し音が響いた。店長の顔がさっと引きつる。みるみるようすが変わった。逃げ腰になっていく。

「うへっ、思い出した。まずい！」

（何だ？　そういえば店長は忘れていることがあると、ウェイターが言っていたっけ）

店長が店から逃げ出そうとしたのを、健也が服を摑んで引き留める。子機を突きつけられ、店長は仕方なく電話に出た。すぐに女の子の高い声が聞こえてくる。有り体《てい》に言えば、彼女は電話の向こうで癇癪を起こしていた。さっきまで物騒な雰囲気を身に纏っていた男は、今や防戦一方だ。情けない声で謝っている。

「あー、店長が忘れていたことって、のり子ちゃんの進学相談の書類だな」

健也の声に花立が応じる。

「あれ提出期限、今日だろうが。学校に出す書類は、きちんとしないと駄目なんだぞ」

「な、何だってお前らが、そんなことを知っているんだ」

顔を真っ赤にして子機を置いたようすを見れば、なるほどこの男は、自分といくつも違わないのだと納得がいく。そこに他の客からのからかいを含んだ声が掛かった。

「のり子ちゃんのことなら、俺たちだってだいたい心得ているぞ」

「進学希望先大学は私立K大。親友の名は、まゆりちゃん。趣味は百円ショップ巡り。将来は出版社に入りたいと思っている」

「出版社は大変だぞと伝えておいてくれ。どうしてもと言うなら、紹介するが」

「何でそこまで……」

健也が店長の狼狽《ろうばい》の原因を、あっさり述べた。

「のり子ちゃんは『酒場』へ夕ご飯を食べに来るたびに、店長と一日のことを話しているじゃないか。おかげで色々覚えているんだよ」

父と娘は、のり子の成績のことから、家庭問題の愚痴、日々の喧嘩の中身まで、店でしゃべっているという言葉に、客席から爆笑が起こった。それだから客たちは、店長のパジャマの柄まで知っている。のり子が選んだ、熊さんだ。

「うっ……」

確かにこんなにも迫力ある男の話題が、女子中学生との親子喧嘩の愚痴だというのは、何とも可愛い話だ。皆にそう言われ、店長は経営者とも思えない、ふてくされた顔つきになった。

「酒の肴を作ってくる」

そう言うと大股で厨房に消えてしまう。客たちから、一斉にリクエストの大声が上がった。里芋のゆず味噌煮、大根の胡麻きんぴら、牛肉のアンチョビソテー、オリーブのブルスケッタ、バジル風味のローストチキン。

「店長の料理はいけるよ」

健也がそう保証するので、興味を引かれた正行が厨房を覗き込むと、本当に人でも詰め込めそうな巨大オーブンが目に入った。今は野菜を添えた鶏が二羽、放り込まれている。その前で大根を手に持った店長が、何やら考え込んでいるようすだった。

しばらくすると店長は、しゃきりとした表情を浮かべて戻ってきて、各テーブルに美味そうな鶏料理を、ぞんざいに置いてゆく。それらに、思いがけない言葉が添えられていた。

6

「なあ、美月さんの好きなもの、何だったかな。誰か覚えているか？」

「突然何を言い始めたんだ、店長？」

「美月さんの好み？　飯田さんから聞いたのは、ずいぶん前の話になるからねえ」

「俺、好物の菓子なら分かるよ。うさぎ屋の最中《もなか》だ」

「わらび餅の方が好きだぞ」

一つ話が出ると、別テーブルからも、彼女は何につけ淡いピンクが好きだと、話が出た。新婚当時、家の中が春の花びらのようになったのはいいが、その中に飯田医師が座った写真が奇妙だったとか、妊娠した妻のために、好きな童話作家の絵本を買いに、医者がわざわざ神保町まで行っていた、とか。美月と飯田の新婚当時の甘い話に、客たちは盛り上がり始めた。

「あの頃は毎日この話題ばかりで、独り者はやるせなかったな」

「まったく、新婚さんの側にいるもんじゃない。俺は甘いものは苦手だ」

カウンターに戻った店長は、黙って話を聞いていた。だが皆の話が進むにつれ、その顔が何とはなしに下を向いていく。（えっ？）正行が初めて見るその表情は、どう考えても厳しいものだった。彼の目がちらちらと、正行の方を向いている。

（な、何だ？　いつの間に何があったんだ？）

誰もが正行の前でしゃべっていた。特別な話は何も聞いていない。なのにこの店の中で事態は既に進んでいて、自分が気がつかないでいるだけではないかと、思われてくる。

あのいけ好かない店長は、またもやかなり年上の男に化けていた。一人取り残されたようで面白くない。気味悪くもあった。

ふいっと彼から目を逸らし、ますます驚くこととなった。顔を向けた先の客席からこちらを見ていたのは、鋭く恐いような表情の花立だった。

（この男は確か、警察関係者だったよな）

花立の視線の先に店長がいる。二人のどちらかが口を開いたら、あの不可思議な空《から》の缶からピアノ曲が流れたように、思いがけないものを聞かされる気がしてきた。それは予定外の話へと化け、いっさいを薄気味の悪い結末に連れて行きそうだ。

「店長、何か思いついているだろう」

花立の硬い声がする。

「推察できたことがあるなら、今ここで吐き出しちゃあどうだ？」

一呼吸、間があった。店長は返事をしない。花立が言葉を続けた。

「客に……例えば目の前にいる正行さんにとって、都合の悪い事実が含まれていたとしても、俺は聞きたいんだがね」

「何がどう、都合悪いっていうんだ？」

突然の名指しだ。正行は自分の声が少々ひっくり返っているのが分かった。店長はそんな正行になど構いもせず、ウイスキーボトルを片手に、花立に向けて、にたりと笑いかけた。

「お前さんにも、事の次第が分かっているみたいじゃないか。話してみるかい？」

「いいとも。今度こそ、その酒をもらえるかもな」

立ち上がると、花立はわざわざ正行の真横まで来て、立ったまま話し始めた。威圧感を覚える。座っている正行の真上から、面白くもない言葉が頭に落ちてきた。

「店長がさっき、美月さんのことを聞いたのは、皆が噂話をどれくらい覚えているか、確認するためだろう。答えはよーく覚えていると出た。しかし奥さんの話は出てきたが、飯田さんが恋人の話をしていたという記憶は、誰の頭にも残っていなかったみたいだな」

諒一が他の女の話をしていれば、誰かが噂を覚えていたはずだ。それが全くない。語られたのは妻とののろけ話、語られなかったのはもう一つの恋の話だ。

「諒一さんは口が堅かったんだろうさ」

正行の言葉に、花立は口元を歪《ゆが》めるようにして笑った。

「飯田さんは、何かを話したはずなんだ。〝不滅の恋人〟のことは、病院内でも話題になっていたと、正行さんが言ったんじゃないか。だが病院内の誰も〝不滅の恋人〟の、顔も年齢も知らない。ということは、少なくともその女は、病院へは行っていないんだ。つまり女は美月さんとも、直接会ってないな」

ではどうやって、彼女に早産を引き起こすほどの、ショックを与えたか。女が罪を犯すためには、自分と飯田医師が恋愛関係にあると、美月に告げねばならなかった。どうやって知らせたのか。手紙か電話かメールか。

メールも手紙も証拠が残るが、女から嫌がらせがあったという話はない。出産を控え、美月は体調が悪く入院していた。電話を受けることも自由にはできなかったはずだ。

「妙だよなぁ。それに美月さんが〝不滅の恋人〟から嫌がらせを受けて、子を亡くしたとしたら、女の恋人である飯田医師はともかく、親の病院長は放っておかなかったはずだ。だが俺の記憶じゃぁ、警察は相談を受けていない。何故なら……」

花立が、自分の話を頭の中で確認したかのように、頷いている。つまり今宵『酒場』に持ち込まれてきた話には、矛盾がある。妙なのだ。何故か。

「正行さん、あんたがした話〝不滅の恋人〟のせいで、美月さんが早産したというのは、作り話だね」

断言された。

「そいつは飯田医師を快く思っていないあんたの妄想、いや、そうであって欲しい話、希望を含んだでっち上げってところかね」

花立が話を終えると、カウンターテーブルの上に、琥珀色の影が映った。今度こそ店長が花立の前に、ごとりと音を立ててウイスキーボトルを置く。客席から歓声が上がった。

「ぼうや、嘘をついちゃあ駄目だね」

店長の言い方が憎たらしい。正行は自分の顔が赤くなっているのが分かる。それが忌《いま》々《いま》しい。

「別に全部が嘘というわけじゃない。確かに証拠はないし、大げさには言ったが……美月は〝不滅の恋人〟のことを、ずっと気に病んでいたんだ！　俺はその女が誰なのか、知りたかった。だから、だから……」

だから、そうだったに違いないという憶測を、ここでしゃべったのだ。皆の注目を集めるように。

「おいおい、医者が本当に浮気をしていたっていうのか？　じゃあ、あのピンク色の甘い新婚生活は何だったんだ」

「二股かけていたとか？」

「確かにもてる男の条件は、顔じゃあないがねぇ。あいつは優しくてまめだ。店長とは大違いだからな」

「何だとぉ？」

娘に叱られてから、どうも不機嫌だった店長の口から、不穏な雰囲気を呼ぶ低い声が出た。要らぬ口をきいた客の前に詰め寄る。そこに客から、見事な先制パンチが繰り出された。それを店長は、さっとかわす。一気に殴り合いになり、見ている客たちは盛り上がった。花立が喧嘩など意に介さず、ぶん殴り合っている店長に声を掛けている。

「いるはずの〝不滅の恋人〟。どう考えても特定できない飯田医師の恋人。さて、どういうわけだ？　分かっているか、店長？」

今度は花立が挑戦するような目つきをしている。店長は足蹴り一発で、アンティークの椅子の脚を一本、へし折ったところであった。喧嘩を続けつつ器用に花立の方を向くと、口元をひん曲げる。

「どうしても〝いる〟と〝いない〟の、二つの結論に落ち着くのなら、二つとも正しい答えなんだろうさ。〝不滅の恋人〟は確かにいて、なおかつ〝不滅の恋人〟はいない、というわけだ」

ふざけた男は皆の前でそう言ってのけた。

（こいつは……正気か？）

正行には何がなんだか分からない。詳しいことを聞こうにも、喧嘩は人数を増やしながら、調度品をますます傷めつけてゆく最中だ。これでは声を掛ける間もない。

「オーナー店長がこんな調子だから、逃げ方を心得ている常連以外は、怖くて店の中に入れられないんだよなぁ」

ウェイターがうんざりしたようすで嘆いている。殴り合いの輪の中から店長が話を続けた。

「だって、その恋人は確かにいるはずなのに、存在感薄いよなぁ。例えばのり子と比べてみろよ。のり子のことは、学校に提出するプリントのことまで覚えていた奴らが、その女の噂を飯田医師から聞いた覚えがない」

だから何だというのだろうか。そのことが、何を示しているのだろう。

その時、正行のポケットの携帯電話が鳴った。条件反射的に電話に出ていた。

「……えっ、諒一さん？」

話題にしていた主からの電話に、一瞬言葉が詰まる。そのわずかの間に、携帯を店長の手に取られてしまった。

「おい、何するんだ！」

正行の声を無視して、店長は勝手に諒一としゃべりはじめた。どうしたわけか、あっという間に喧嘩が収まっている。

「やあ、俺だ。うん、正行さんは今『酒場』に来ているんだよ。……そうだな、少し驚いたが」

低い声で話した後、わずかに間が空いた。カウンター脇に立った店長の表情が硬くなる。不意に正行を覗き込んできた。

「美月さん、夕方から意識が戻らない状態だそうだ」

突然の知らせに、正行は顔を強ばらせる。

(いや、もう……ずいぶん前から覚悟はしていた。でも、間に合うと思っていたんだ)

諒一の弱みを摑むつもりだった。『酒場』での調べは間に合うと、自分はもう一度美月と話ができるのだと、信じていた。そして正行は、長年言いたかった話を彼女とするつもりだったのだ……。気がつくと、カウンターに手をついていた。

店長が電話で話しながら左手を動かすと、ウェイターの健也が正行の目の前にまた、チューリップ型のグラスを置いた。酒の香りが酷《ひど》くありがたい。店内は静まって、店長の声だけが聞こえていた。

「美月さんは……とりあえず落ち着いているのか。ならこれから酒を届けるよ……当分飲めない？　それはそうだが……でも入り用になる時もあるからな。いやきっと……今夜は必要だと思う」

しばらくの間、店長の声は途切れていた。

「今は美月さんのことで、手一杯なのは分かっている。でも正行さんの訪問で、見えてしまったことがあるんだよ。聞くかい?」

嫌だと言っても、店長は黙らない気がした。今からこの店長が何を言い出すのか、妙に不安が募る。正行でなく諒一に、何を告げるのだろうか。

「飯田さん、あんた若い頃は研究職が希望だっただろう?」

突然の昔話に、正行は目を見張った。しかし店長は周りの反応などには構いもせず、話を進めてゆく。

諒一は経済的な理由で、ひとまず臨床医になったこと、その後も留学して研究者となる夢を諦めずに持っていたことを知った。

だが夢が夢であるうちに、諒一は現実に足を摑まれてしまった。大きな病院の入り婿になり、体の弱い妻ができた。子を失い、ますます妻は病がちになった。側を離れられない。遠く外国に連れて行くわけにもいかない。さらに義父は年齢を重ねてくると、諒一に跡取りたる責任を求めてくる。留学の夢は、いっそう遠くなって消えた……。

「もう研究者にはなれない。夢を追う余裕は、いつの間にかなくなっていたんだろう?」

ここでいったん店長が言葉を切ると、店内がざわめいた。正行は漏れ聞いた電話の声に我慢ができず、思わず怒鳴っていた。

「だから……そういう立場だったから、好きな女とだけは、切れなかったというのか。

〝不滅の恋人〟って、誰なんだ！」

店長が携帯を持ったまま、すいと片眉を上げる。客らが勝手な想像を色々と口にしている。

「飯田さん、聞こえているか？　皆に好き勝手言われているぞ」

店長の声は、いつになく優しげだ。その後しばらくは小声で話すだけで、店長の話も聞こえてこなくなった。時々小さく頷いている。最後に一言だけ、はっきりと聞こえた。

「うん、分かっていたよ」

ほどなくして通話は終わり、携帯電話はカウンターの上を滑って正行の元に返ってきた。

ゆっくりと店長がカウンターの後ろに行き、ピラミッドからウイスキーを一本取り出す。きらりと照明を跳ね返す細身のナイフを滑らかに動かし、「カリラ」とラベルに書かれたストレートな瓶の封を切った。棚の下から、銀色に輝く携帯用ウイスキーボトルが取り出され、濃い琥珀の酒が流し込まれる。きゅっという小気味良い音と共に、キャップが閉められた。

店長は振り向くと正行の前に、その柔らかなフォルムのウイスキーボトルを差し出した。

「これを飯田さんに渡してもらえるかな。あんたは美月さんに会いに、これから病院へ駆けつけるんだろう?」

「〝不滅の恋人〟についての、店長の説明が終わったら、すぐに行く」

正行はそう答えていた。とてもじゃないが、あんな中途半端な話を聞いたままでは、店を出て行けなかった。だが店長の答えはそっけない。

「急がないと、大事な女の死に目に会えなくなるぞ」

頭の中が真っ白になった。確かに美月のことが気になって、これ以上ゆっくりとはしていられない。しかし……。

正行に酒を預けたあと、店長が柔らかく二、三語ると、客たちもこれが最後と話しかけてきた。その後、ドアの方に押しやられ、仕方なく外へ出る。

背後の店内から、不満げな声が湧き上がってきた。

「店長、さっきの〝不滅の恋人〟についてのへんてこな結論、説明しろよ。気になるじゃないか」

「自分で考えつかないのか」

その返事に客からの盛大なブーイングが起こり、店長は仕方なくしゃべることに決めたようすだ。ただし、他の客の秘密を、店の外でしゃべってはならない。それが『酒場』の鉄則であるらしかった。

(早く病院へ行かなくては……)

店の中で話が始まる。『酒場』のドアが、階段に足をかけた正行の後ろで閉まってゆく。なかなか通ることのできなかった、むかつくドア。もう中に入ることはないかもしれない。最後に聞こえていた店長の声が、途中で途切れた。

「話が始まったのは、美月さんがまだ若かった頃だ……」

ドアの向こうで十年以上の時が、数分間にまとめられようとしていた。

7

飯田病院は個人経営だが、近在ではなかなか名が通った総合病院だ。急いでいるときは、うんざりするほど広く感じる敷地面積がある。長年通った入院棟への暗い坂道を、飯田正行は歯を食いしばって上って行った。

特別室や個室が続く西病棟二階の廊下は、夜の中、ひときわ静まりかえっている。端の部屋に着き、そっとドアをノックした。返事がないので静かに開けてみると、飯田諒一が薄暗い病室で、ベッドの脇に座り、ただ静かに美月を見つめていた。

花やモニターや点滴の管に囲まれた美月。目は閉じられていて、もう諒一も正行も見てはもらえない。

(相変わらず綺麗だ)

そう思わずにはいられなかった。

振り向いた諒一の顔に向け、何を言ったらいいのか思いつかなかった。正行はとにかく銀色に光る届け物を差し出した。

諒一の顔が、ふわっと柔らかくなる。立ち上がって薄べったいボトルを受け取ると、キャップを外して顔を近づけた。

「カリラだ。店長ときたら、良い酒を寄越すじゃないか」

飲むわけではないらしく、キャップが閉められる。しかし机に置いたりはしなかった。白衣のポケットに落とし込むと、その上を手で覆っている。気遣いと共に贈られてきた酒に、すがっているようにも見えた。

(店長はあの後いったい、どんな話をしたんだろうか)

諒一の〝不滅の恋人〟の真相は何だったのだろう。

(もう知りようもない)

一つ首を振り、無言で特別室の応接用椅子に座る。すると諒一が先に口を開いた。

「店長から『酒場』での活躍を聞いたよ。初めて行って、あの店で注目を集めるとは、大したもんだ」

嫌みなどない、静かな声だった。ゆっくりと諒一の視線が、正行の目をとらえる。

「一筋縄ではいかない、癖のある連中の集まりだからな。楽しかったか?」

「電話で聞いたんだろう？　俺はあそこに〝不滅の恋人〟を探しに行ったんだ。諒一さん、あんたの不実を証明して、美月に〝不滅の恋人〟の名を、知らせてやりたかった」

正直に口にした。だが自分の企みは、花立という男に見破られたと白状した。正行は『酒場』で賭けの対象になり、客らに遊ばれてしまったのだ。

「そうだってな」

諒一は怒っているようにも、嫌がっているようにも見えない。話を続けた。

「店の客たちは〝不滅の恋人〟が誰なのか、考えを山ほど出したんだ。だがどうしても、どこの誰だか分からない」

そうして話し合ったあげくに、『酒場』の店長が変な結論を導き出した。

「変？」

「〝不滅の恋人〟が〝いる〟と〝いない〟の、二つの結論に落ち着くのなら、二つとも正しい答えだと、あいつは言ったんだ。彼女は確かにいて、なおかつ、いない、と」

突然、諒一がしゃっくりのような、小さな声を漏らした。見れば発作的に出てきた笑いを、押し殺しているらしい。

「店長は相変わらず鋭いなぁ」

病人の脇で笑い声は上げたくないらしいが、それでも口元が引きつっている。

「どういう意味なんだ？　〝不滅の恋人〟は……誰なんだ？」

正行の問いに諒一があっさりと、本当に静かな声で語り始めた。思いがけず、話が〝不滅の恋人〟のこととなり、その存在について諒一が口を開いている。何かを思いだしているのか、諒一の視線は、窓の外の闇に向けられていた。

「まだ研修医の時、俺は病院の庭……よく患者さんたちも散歩をしている小径を歩いたよ。あの道沿いには、花がいつも綺麗に植えられていた」

新米医師には、何かと気を遣うことが多かった。その気晴らしだったのだ。そこに通ううちに諒一は……窓辺にいる患者を見たという。

「〝不滅の恋人〟は、この病院の患者か！」

よくぞ誰にも知られずに済んだものだと呆れていると、諒一はまた小さく笑った。

「皆、気がつかなかったみたいだな」

「美月もか？」

諒一は立ち上がると、窓の側に向かった。サッシを開けても風が入ってくることもない。

「俺はあの小径を散歩していたんだ」

その言葉につられて、正行も窓に近づく。窓からの明かりを受け、外に広がる夜の闇の中、眼下の道沿いに花が咲いているのが見えた。

不意に、まだ若かった諒一が、誰を目にしたのか分かった！　諒一は当時、下の道から、いま正行が立っている、この窓を見上げたに違いない。この病室に、花のような顔があったのだ。

「……美月！」

見ていたのは、病院長の体の弱い娘だ。将来逆玉の輿に乗るなどとは思いもせず、諒一は己の想いを黙っていたのだろう。だがそれは消えはせず、いつか心から滲みだして、皆の噂になっていったのだ。〝不滅の恋人〟というドラマティックな名を負って。

『女には五割増しで綺麗に見える瞬間がある。例えば病室の窓辺に佇む、体の弱い美少女、という姿はどうだ』

酒場の客たちの声が、聞こえてくるようであった。

「何と。噂の恋人は……美月自身か！」

それで他の女の名が浮かばなかったのだ。

「どうしてきっぱり妙な噂を否定しなかったんだよ、諒一さん。美月が噂を気にするとは、考えなかったのか」

「噂のことは知っていた。だから俺は美月に言ったんだ。その噂の主はお前自身だって」

「えっ？　いつのことだ？」

「もうずいぶんと前の話だな。俺が噂を聞いて、すぐだったから」

正行は言葉もなかった。それでは何故、美月はあの〝不滅の恋人〟の話を、ずっと気にしていたのだろう。

諒一の目が、真っ直ぐに正行の方を向く。硬い表情だった。困っているようにも見える。まるで今にも……。

「あいつは信じなかったのさ。〝不滅の恋人〟が自分だとはな」

「はあ?」

「俺が誰か他の女のことを誤魔化すために、都合のいいように話を作っていると思ったらしい。ずっと……別に誰か女がいると、疑っていたようだ」

正行はその言葉を聞いて立ちつくしていた。じわりと、店長の言った言葉の意味が分かってくる。〝不滅の恋人〟は美月自身のことだから、どこにもそんな女はいはしない。しかしまた、噂話と美月の心の中には、しっかりといたのだ。どんなに否定されても消せない、幻の〝不滅の恋人〟が。

「俺の言葉を疑ったまま、美月は逝ってしまうようだ……」

諒一の声が震えている。留学も研究も諦めて摑んだ美月との恋だったはずだ。その果てに巡ってきた今日という夜に、諒一は何を考えているのだろうか。美月は頭の中に幻の女を住まわせたまま意識をなくし、もう目を覚まさない。

(なんてこった……)

体から力が抜けたように、正行は手近な椅子に座り込んだ。その時諒一が不意に立ち上がった。顔を背けている。声が少し、いつもとは違った。

「せっかくもらった酒だから、やっぱり一口飲むことにするよ。だが病室で一杯やるわけにはいかん。悪いがしばらく美月についていてくれるか」

夜の庭で飲んでくるという。黙って頷くと、諒一は軽く正行の肩に手を置いた後で、するりとドアから出て行った。美月と二人きりになった病室の中は、ただ静かだった。

正行の耳元で、『酒場』での店長の声が蘇る。

「ぼうや」

またも正行を見下ろしながら、気にくわない言い方をしていた。

「お前さん、飯田さんの〝不滅の恋人〟を探し当てたら、それを土産《みやげ》に、美月さんに言うつもりだったんだろう。長年、彼女をどう思ってきたか」

「何であんたに、そんなことを言われなくっちゃならないんだ」

言葉で噛みつく。そんな正行にいっそうもの柔らかく、店長は喋りかけてきた。

「あのなぁ、告白してもいいんだよ。何も飯田さんの浮気を免罪符にする必要はない。〝不滅の恋人〟がいてもいなくても、飯田さんに遠慮することもない」

「えっ……」

「一人の女が別れの時を迎えてるんだ。最期に思いの丈を打ち明ける誰かがいても、飯田さんなら、それを止めたりはしない。あの人は勘がいい。とっくに、あんたの気持ちに気がついているだろう。これから病院へ行けば、しばらく二人きりにしてくれるだろうよ」

呆然とする正行に、苦笑気味の客らの声が聞こえた。

「思いつかなかったのか？　だから店長に、『ぼうや』なんて言われるのさ」

「意識がないように見えても、美月さんは夢の中で声を聞いているかもしれん。早く行っておいで」

あの小憎らしい店長が言った通りになった。こうして静まりかえった病室で、彼女と二人でいる。

「美月、今日全く嫌な奴と会ったよ」

ゆっくり近づくと、ベッドの脇の椅子に腰掛けた。

「酒場の店長なんだが、その店、行ってもドアが開かないんだよ。常連客以外入れないんだ。どうやっているんだと思う？」

静かな部屋で語りかけると、本当に夢の中で彼女が聞いているような気がしてくる。

「理由は足音だったんだ。店長は馴染《なじ》み客の靴音を心得ていて、ドアを開けていたのさ。気にくわない奴だろう」

それなのに自分はもう、あの店には入れないかもしれないと思うと、そのことが妙にせつないと美月に白状する。

二人だけだというのに、一番言いたい言葉が、なかなか口に上らなかった。少し身じろいだとき、ポケットの中に小さな物が入っているのに気がついた。

(『とっても不幸な幸運』の缶……)

この缶がきっかけとなって、正行は『酒場』へ行った。自分に、諒一に、美月に運んできたのは、幸運か不運か。分からなくとも事は動いて、先に進んでいった。

『酒場』で受話器からわずかに漏れ聞こえてきた、諒一の力無い声が思い起こされた。他に女がいたと妻に思われたまま、諒一は彼女を失おうとしている。

(美月はどうして信じてやらなかったのかな。いや、口では分かりましたとくらい、夫に返事をしたのかもしれない)

しかし諒一は、正行の気持ちにすら、すぐに気がつく奴だから、妻の心の内を分かっていたのだろう。

(だけど……本当のことを伝えたのに信じてもらえなかったら……どうしたらいいんだ?)

美月は体がずっと弱かったから、引け目があって、噂に取り憑かれてしまったのかもしれない。その疑いを濃くした原因の一つは、きっと嫌でも耳に入った〝不滅の恋人〟に関する噂話だ。

（美月はベートーベンの曲を嫌っていた）

何年分もの色々な想いを押し殺し、残したまま、諒一はもうすぐ独り残されてゆく。だから『酒場』から酒が届けられるのだ。

諒一は浮気をしていなかった。愛人もいはしない。正行が疑っていたような、裏切りはなかったのだ。

（俺の想いは、ただの横恋慕《よこれんぼ》でしかないな）

それでもこの最期の時に、黙ったまま、美月を逝かせることができない自分がいた。自嘲の笑みが浮かぶ。

美月の耳元に口を寄せると、正行は長い間ずっと黙っていた一言を口にして……それから耐えられずに、顔を歪めた。

第三話

健也は友の名を知る

1

「よせっ、開けるなっ」

店長の警告が『酒場』の内で響く。その言葉を聞いたにもかかわらず、健也は缶のプルトップを思い切って、引き開けてしまった。

客たちの興味津々の目が、ウェイターの健也が持つ、小さな面白グッズに集中する。

『とっても不幸な幸運』と側面に大きく書かれているその缶を開けると、幻影など、不可解なものが現れるという。『酒場』では有名な話だった。

「おおっ、出たっ！」

今回客たちの前に現れたのは、驚くほどたくさんの、大きなしゃぼん玉だった。客たちが小さな缶から魔法のように湧き出るそれに、歓声を上げる。

広い『酒場』の店内は、ふわりふわりと漂うしゃぼん玉で埋まってゆく。儚《はかな》い球体の中には、何やら影があった。それを覗き込んだ皆の口から、驚きの声がこぼれ出た。

「なんと、幼なじみの顔が見えたぞ」

「しばらくぶりにお袋と会えたな」

「あれは……昔別れた彼女だ」

玉の内に見たのは、それぞれ違う人物らしかった。虹色のしゃぼん玉はほどなくはじけ、懐かしむ声だけを『酒場』に残して消える。

「これが今回の幻影か？　段々とはっきりしたものになってきてないか？」

店長は、『とっても不幸な幸運』の缶が巻き起こす厄介ごとには懲りている。被害がないかと店の中を確認し、どうやら大丈夫そうだと知ると、大きく安堵の息をついた。

だがその時、カウンター席の端で空《から》になった缶を握りしめていた健也は、徐々に震え出していた。

「おい……どうしたんだ？」

店長がそのようすに気がついて眉をひそめ、急いで側に来る。健也は客たちの目が、自分に集まっているのが分かった。

「何でもない……と、思うんだけど」

「何だ、お前にだけは、妙なものが見えたのか？」

「シャボン玉の中に顔があった」

「それなら皆、見たようだぞ」

久しぶりに店に顔を出した医者の飯田が、他の客たちに確認を取ると、誰もが頷いた。飯田自身、潤んだ目をしている。彼が見たのは少し前に亡くなった妻、美月かもしれない。

「俺……何人かの顔を見たんだ。小さい子供や……男も女もいた。全員を、よく知っている気がした」

健也はしゃべりながら、片手を頭に当てた。頭痛がする。

「でもあの顔の中に、誰一人知り合いはいなかったんだ。なんだってあんな顔、見たんだろう」

「知っている顔ばかりだったのに、誰も知らない？　健也、お前自分が何を言っているか、分かってるか？」

店長が戸惑ったような声を出して、こちらを見ている。心配しているのが分かった。

「顔が蒼いじゃないか。だからあんな缶、開けるなって言ったんだ！」

カウンター脇の椅子に、店長が急いで健也を座らせる。客たちがざわめき始めた。すぐに飯田医師が近づいてきて、健也の顔を覗き込んだ。

新宿は東口、伊勢丹デパートからほど近いところにあるビルの地下一階に、『酒場』

という酒場があった。

『酒場』ではあったが、今時珍しく女っ気がない。都心にあるにしては、店内はたいそうゆったりと広かった。おまけに変わり者のオーナー店長の存在が影響してか、一見《いちげん》の客は入りにくい。それなのに毎日賑わっていることが、唯一の従業員にしてウェイターである健也には、不思議でならなかった。

『酒場』は奇妙な店だと思う。

だいたい、健也がこの店に雇われた経緯も少々変わっていた。一年ほど前、健也は大学をさぼり気味になり、家にも居着かず、ホームレス一歩手前状態になっていた。ある日、雨を避けてとあるビルの地下に入り込み、そこが店の入り口だとは気づかないまま、ドアにもたれ掛かっていた。その時、いきなり『酒場』の店内に転がり込むこととなった。

たまたま、背後のドアが開けられたのだ。床に伸びた健也を見下ろしていたのが、引っ詰め髪の店長だった。

「ふむ……」

そう言って、何故だか数秒ほど考え込んだあとで、話しかけてきた。最近仕事が忙しいらしい。それで、従業員募集を思いついたところだという。

「別に俺、職探しに来たわけじゃないんだけど」

そう返事をした記憶はあるが、あの日からずっとこの店で働いている。今では店奥の一室に、半ば住み込み状態だ。

最近、店長の一人娘で、のり子という名の中学生と仲良くなった。時々店に顔を出しては、食事などしていくようになったからだ。父一人、子一人だから、深夜まで親が仕事で家にいないとなれば、寂しいのだろう。

少々気が強いのり子のことを、店の常連たちは将来、美人になると言う。健也は、今だって十分可愛いと思う。周りがオヤジたちばかりの中で、十三歳ののり子と二十二歳の健也は気が合う。だが店長はのり子がおしゃべりをして、酒場に遅くまでいることに、いい顔をしない。

先日も顔を見せたのり子に甘いものを出していると、店長が渋い顔を向けてきた。

「洋介君は、甘いもの苦手だからなぁ」

店長の不機嫌にも、のり子は平気なようすだ。だが健也が引っかかったのは、別のことだった。

「のり子ちゃん、いつも店長のこと、洋介君て呼んでいるんだね」

「うん、カッワイイ呼び方でしょう？」

「ラブリー過ぎて、とても店長のことだとは思えないけど……」

思わずそう言ってしまった途端、当の店長に後ろから頭をはたかれた。

「こらウェイター、きりきり働けよ」

「洋介君、健也君をしばらくここに置いといてよ。高校生活について、聞きたいから」

「のり子ちゃんは最近、持ち上がりで行ける高校以外にも、行きたい学校ができたんだよね」

健也の言葉にのり子が頷く。そうと聞いて、店長が片眉を上げた。

「おい、俺はそんな話、聞いていないぞ」

「洋介君には今、話しているじゃない」

参考に他校の話も聞きたいと言われ、さて自分の高校入学当時はどうだったかと考えて……健也はすぐには思い出せなかった。

(あれ……?)

その間に、高校生活の疑問点については、隣で店長があらかた答えてしまっていた。

店長と健也の年齢差は十三歳だが、学校生活は似通っていたみたいだ。

「洋介君てば、昔そんなことしてたんだ」

のり子が店長の話を聞いて楽しんでいるようすが、何となく面白くない。しょっちゅう親子喧嘩をしているくせに、のり子は店長を頼りになる大人だと見ているようだ。

(じゃあ、俺は?)

むかついた顔で二人を見ていたら、店長にじろりと睨まれた。

「のり子はまだ、十三だぞ！」

念押ししてくるのがうっとうしい。

（すぐに十四になるし、じき高校生だ！）

のり子のことを考えると、ため息が出てくる。どう考えても店長は健也のことを、娘の理想的なボーイフレンドだとは思っていないようすだった。

そんなことがあったあと、たまたま入った百円ショップで、『とっても不幸な幸運』の缶を見かけたのだ。店長が、以前缶がきっかけで起こった騒動に、うんざりしているのを知っていた。彼は決して自分では缶を開けないと思う。

しかし……のり子は缶のことを、店でよく口にする。健也が『とっても不幸な幸運』の缶を開ければ、二人の共通の体験、話題ができるではないか。そう思って缶を買った。店に持ち込んだら店長が嫌な顔をしたので、なんとしてもすぐに開けたくなった。

（そのあげく、妙なものを見て、頭痛を抱えることになるなんて）

のり子には知られたくない出来事だと思う。ガキっぽいことをしたと言われるのが、おちだった。

2

飯田が『酒場』の店内で診ただけでは、頭痛の原因は分からなかった。健也は店長によって飯田の勤める病院へ放り込まれ、精密検査を受ける羽目になった。

だが、何も異常は出てこない。

にもかかわらずあれから時々、鈍痛が起こるようになった。店の隅で顔をしかめていると、そのようすを見た店長が、客たちと何やら相談をし始めた。

（まいったな。別の病院へ再検査に行けと言われるかも……）

うんざりしていると客らが『酒場』の真ん中にテーブルと椅子二つを残して、スペースを作り始めた。その周りを人垣がぐるりと囲む。健也は片方の椅子に座らされた。向かいに陣取ったのは常連客のマジシャン、天野だ。

「あのね、健也君。君の頭痛が治らないことを、皆心配しているんだ」

テーブルの脇に立ち、話し始めたのは、常識のある飯田医師だったので、何が始まるのかと身構えていた健也は、少しばかり落ち着いた。

「きっかけは『とっても不幸な幸運』の缶から出てきた、思い出せない顔を見たことだよね。記憶が関わっているとなると、頭痛の原因は心因性のものかもしれない」

「体に異常をきたすような心配事なんて、俺にはないんだけど」

それを聞いて、皮肉な笑みと共に店長が言葉を返した。

「そうかね。健也は初めてこの店に飛び込んで来たとき、家出人状態だったじゃないか。顔つきも怖かった。一瞬、強盗かと思ったぞ」

「店長、叩きのめしたりしなかったろうね」

客の一人が心配そうな声を出す。店長は首を振った。

「がりがりに痩せていたからな。殴ったら、壊れそうだったんだ」

「あの時、俺のことをそんなふうに思ってたんだ。よく雇う気になったね……」

ぶつぶつと言いかけて言葉を切った。自分が人間の干物みたいに見えたから、店長は放っておけなかったのだろうか。

「健也の実家は都内にある。なのに今でもお前さんは、滅多に家に帰らない。大学も行ったり行かなかったり。いったいどんな問題を抱えているんだ？」

初めて正面切って店長に尋ねられ、健也は歯を食いしばった。これはプライベートな問題だ。そう言って突っぱねてもよいとは思う。だが、何かあると思いながらも、一年近くも黙って聞かないでいてくれた店長に対して、それはできなかった。

「……分からないんだ」

「はあ？　何だって？」

店長が怖い笑みを浮かべる。健也は急いで言葉を続けた。

「世の中や親と奇妙に距離を感じるんだ。俺の両親は、結構いい親だと思う。大学だって面白い教授もいるし、気に入っていたのに……どこにも落ち着けなかったっていうか」

どう説明したら一番的確なのだろう。透明なペットボトルの中から、世の中を眺めている感じ、とでも言えばいいのだろうか。何もかもが少しぼやけて見え、距離を感じる。理由は自分でも分からない。

「そんなんで、よく『酒場』を辞めずにいるな」

「だってこの店、胡散臭いところがあるからさ。却って居やすいというか」

この言葉に客たちが爆笑した。店長がふくれ面になる。

「こんなに真っ当な商売をしているのに、どこがおかしいんだ」

「店長、話題がずれてる。今は健也の頭痛の原因を探るために、話をしているんだろう？」

飯田にたしなめられ、益々ふてくされた顔つきになった店長は、カウンターに行き、飯田のキープボトルを持ちだすと、勝手に一杯やり始めた。それを見た他の客からも、空のグラスが差し出される。

「あ、こらっ、経営者のくせに何をしている！」

慌てでウイスキーボトルの救出に走った飯田に代わって、健也の向かいに座っていたマジシャン天野が、苦笑しつつ話を継いだ。

「なあ、健也はシャボン玉の中の奴が誰なのか、分からないんだろう？」

「そうです」

「でも、知っているような気もする。つまりだ、昔の知り合いかもしれない」

「俺が忘れちゃってるだけだとでも？」

マジシャンが首を振る。

「単なる物忘れなら名前は出てこなくても、誰か一人くらい、知り合った場所とか共通の趣味とか、思い出しそうなものだ。他に思い出せない理由があるのかもな」

そう言うと、にやっと笑いかけてくる。

「だからさ、これ、試してみないか」

マジシャンの指が、ゆらりと美しく舞って、宙からペンダントのようなものを取り出した。透明な六角形の水晶が、鎖の先にぶら下がっている。

「俺は催眠術が得意なんだ。健也にかけてやるから、自分の記憶の中に潜り込んでみないか。何年か前まで遡《さかのぼ》ったら、知らない顔が誰か、分かるかもしれないよ」

「……本当にうまくやれるの？」

疑わしそうに聞くと、周りを囲んでいた客たちがマジシャンの腕前について、一斉に太鼓判を押す。名人だとのたまう。おかげで健也は却って、大いに不安になった。

（だけど……断ることもできないよなぁ）

一つには店長が、健也の問題を片づけると決めているようすだからだ。ここで逃げ出したら、中途半端が大嫌いな店長と喧嘩になる。失業一直線だろう。

そうなったら、大学に行ったり行かなかったりのプー太郎を、店長が娘に近寄らせるはずがない。父親というのは、まことに厄介な存在だった。

3

遅い時刻のニュースが始まる頃、久しぶりに健也は中野の実家に帰っていた。

せっかく入った大学もさぼり気味、四年経っても卒業できずに留年中。家にも寄りつかない息子なのに、両親は相変わらず甘い。

腹が減っていると言うと、時間外れの夕飯なのに、健也の好物、豚肉の生姜《しょうが》焼きを出してくれたし、父が二つのコップにいそいそと注いだビールで一杯やると、話も弾んだ。

（俺たち結構気の合った親子だよな）

そう思っているのに、何故自分は家に居着かないのだろう。二階の自室に引っ込んだ後、ジャージ姿になった健也は、昔の品の探索に取りかかった。

（ええと、高校……一年の分はどれだ？）

押入から季節外れの服や、普段使わないリュックなどが突っ込まれた段ボール箱をいくつか引きずり出すと、奥から昔の参考書や教科書などが入った箱が出てきた。間違いなく自分の字で名前が書かれた数学Ⅰの教科書を手にして、健也は唇を噛みしめた。

（本当だ。俺は……高校一年一学期頃より前のことは、ほとんど覚えていないや）


『酒場』で健也はマジシャンに、催眠術をかけてもらった。目の前で水晶がゆっくりと揺れていた。

（光の中に吸い込まれそうだ）

そう思った後のことは覚えていない。催眠下の状況は、後で客たちから教えられた。

マジシャンは一年ずつ昔へと、健也を連れて行ったらしい。高校二年までは、シャボン玉の中の人物たちに心当たりはないと答えた。中学生の健也は、彼らを友人だと言った。

見知らぬ友達は六人いて、名前はカズ、ミチカ、マサヨ、ホシカワ、シン、アイツ、というようだ。

飯田医師が注目したのは、高校生になったばかりの頃の健也で、何故かここで記憶が、ぷつりと切れていた。友達の思い出どころか何もない、真っ白な期間があった。

「記憶喪失の時期があることも、自分じゃ分かっていなかったのか?」

店長に聞かれて頷く。今日初めてそのことを認識したのだ。

「事故にでも遭って、記憶の一部が飛んでいるのかな」

客の花立の言葉に、店長が首を振った。

「そんな事情だったら、親は定期的に息子を病院にやっていたはずだ。通院はしていないよな?」

健也が頷く。第一、体に怪我や手術の痕《あと》はない。

「高校一年の頃に何があったか、調べた方がいいな」

すぐに、当分の間『酒場』でのアルバイトを禁止すると、店長に言い渡された。実家に帰り、自分の過去と向き合ってこいと言う。店長一人で店をどうする気かと問いただすと、客に手伝わせるから構わないとの返事があり、店内からドスの利いたブーイングが湧き上がった。


健也は自室であぐらをかき、一人じっと考えこんでいた。カップラーメンが出来あがり、のびて冷めてしまい、食べられなくなるほどの時間が経っても、高校入学当時については何も思い出せなかった。

（卒業しているんだから、学校には行っていたんだよな？）

高校一年の教科書をいくつか取り出して、中を確認してみる。書き込みがあちこちにしてあるのを見ると、自分は結構真面目に授業を受けていたようすだ。覗いているうちに世界史の教科書に、ミチカが泣いた、どうしようとか、自分勝手なシンのバカとか、小さな字の書き込みを発見した。

「何だこれ……俺こいつらと、凄く親しかったのかな」

シャボン玉の中に顔を見た、カズ、ミチカ、マサヨ、ホシカワ、シン、アイツの内の二人だ。こんなに親密そうな友達のことを、何故忘れてしまったのだろうか。

健也はふと思いついて段ボール箱に手を突っ込み、アルバムを探しにかかった。親しかったのなら、自分と一緒に写っている写真が残っているはずだ。

教科書と同じ箱には、アルバムはなかった。いささかうんざりした気持ちで、もう一度押入の探索にかかる。中からは、青年漫画誌の束や、ファイナルファンタジーⅧのソフトが出てきて、そちらに気が取られて仕方がない。中学の制服など、古着が二箱。美術の時間に描いた絵や、使わなくなったワープロまでとってあった。広い収納スペースに、何でもかんでも放り込んだという感じだ。

しかし、アルバムが出てこなかった。

「……何でないんだろう？」

写真は何枚か出てきたが、全て最近のもので、そこには見知った顔しか写っていない。

（どういうことなんだ？　いや、他にも気になることがあるぞ……）

当然あるはずのものが、押入に入っていなかった。親がわざわざ別の場所に収納したのだろうか。

（押入にはまだ結構、スペースがある。なのに何故？　俺はいったい……）

考え始めると、また頭痛が起きてきた。気分が悪い。

（だから『とっても不幸な幸運』の缶なんか、開けるなと言ったじゃないか）

店長の声が聞こえてきそうだ。

（あの不可思議な缶を開けると、何かが動き始めるのさ。たとえ先に見たくもない将来があったとしても、時間は止まってくれないから、向き合うしかなくなる）

飯田医師が、そういうふうにあの缶のことを言っていたことがある。『酒場』で酒を運びながらその言葉を聞いたときには、単なるオヤジの知ったかぶりにしか、聞こえなかったが……。

（悩んでないで、さっさと一階に下りていって親に聞けば……何であれが押入に入ってないのか、分かるだろうな）

だが、知るのも怖い気がする。

（知ってどうする？　だいたい、話をどう切り出すつもりだ？　何故そんなことを聞くのかと聞き返されたら、俺は何と言うんだ？）

体に震えが走って、立ち上がっても転びそうだった。これでは階段を降りられない。そう言い訳して動かないでいる自分がいた。それを自覚して、酷《ひど》く惨めだった。

4

「何でお前さんが、テーブルに座っているんだ？」

翌日の夜、健也は『酒場』に行って、酒のグラスを握っていた。先ほどから適当に、常連客のボトルからウイスキーをもらっているが、酒をおごらされた客たちが怒るようすはない。真っ先に文句を言ってきたのは店長だった。

「今日はバイトしに来たわけじゃない。構わないだろう？」

「ここは一人前の大人のための店なんだよ」

「けっ、だからジジイばかりなんだ」

拳固で殴られそうになったのを、横にいた山崎が、引っ張って助けてくれた。

「店長、あんたが本気で殴ったら、病院行きだよ」

「酒よりフルーツパフェが好きなガキのくせして、いっぱしにくだを巻いていやがるからさ。頭痛の原因が分かるまで、ここには来るなと言ったろうが！」

健也はその言葉を聞いて、店長を睨みつけた。そもそもこの男が頭痛ぐらいで騒ぎ立てるから、健也は酒を飲まずにはいられなくなったのだ。

店長が健也からウイスキーグラスを取り上げた。健也は意地になって、テーブルにあった酒のボトルを抱え込んだ。

瓶を睨みつけながら、昨晩の押入探索の結果や、アルバムがなかったことなどを話し始める。その時怖い顔の店長の手が伸びてきて、今度はウイスキーボトルを取り上げる。取り戻そうとした手が空《くう》を切っている間に、瓶はテーブルの上を滑っていって、飯田医師の手に渡ってしまった。健也は噛みつくような調子で言葉を続けた。

「押入の中をひっくり返して調べたら、アルバムの他にも妙なものがなかったんだ。とっくに着られなくなった中学の体操服はあるのに、小さい頃の子供服がない。漫画もゲームも、比較的最近の物ばかりだ。くだらない絵までとってあるのに、小学校の卒業証書や卒業文集がなかった！」

切り取られたように、子供時代が抜け落ちていた。その意味するところを、親に聞くのも怖い。でも健也は確認せずにはいられなかった――。

「今朝方、区役所に行ってきた」

一枚の紙を取り出すと、テーブルに投げ出した。戸籍謄本と書かれたそれを、店長が手に取る。紙面に目を通した顔が硬くなった。

「健也は……養子だったのか」

あの甘い両親と血の繋がりがないなんて、健也には思いもよらないことだった。その部分の記憶も、見事に飛んでいたわけだ。

「俺、そんなこと知りたくもなかった」

『とっても不幸な幸運』の缶を開けたせいで、こんな秘密と対面することになった。確かにあの面白グッズは、健也の手に余る物だったのだ。

また酒が欲しくなって、飯田からボトルを取り戻そうと手を伸ばしたら、ひょいと隣の客に渡されてしまった。

「養子になったショックで、記憶が飛んだのか？　何かちょっと妙な話だな」

受け取ったボトルを肩に担《かつ》いだ格好で、花立は首を傾げている。

「子供にとっては大きな環境の変化だから……」

言いかけた飯田医師の言葉を、横から店長が遮った。

「飯田さん、この書類によると健也が養子になったのは、中学二年のことだ。記憶が飛んでいる時期は、高校一年の初めまでだぞ」

そう言われて客たちの視線が、テーブルの上に置かれた紙に落ちる。

「あれ、じゃあ記憶喪失の原因は、何だ？」

とまどったような花立の言葉に、返事をする者はいなかった。

「健也、ご両親に記憶喪失の理由を聞いたか？　養子縁組の事実を知ったことは、話したんだろうな」

店長の問いに、巧いこと嘘をつくことができなくて、首を振るしかなかった。普段いい加減の塊が服を着て歩いているように見えるのに、店長という男はまともに向き合うと怖い。びしっと筋を通してくる、頑固ジジイで石頭のコンチクショウだ。

（お前なんか、のり子ちゃんに怒鳴られて、おたおたしていたくせに。洋介君なんてカッワイイ名で呼ばれても、まんざらでもない顔だったじゃないか）

目の前十センチのところにまで不機嫌な顔を近づけてきた店長に、思う通りの言葉を言ってやれないのが情けない。今欲しいのは、説教よりも酒なのに！　店長の迫力に気《け》圧《お》され、椅子から立ち上がると、そのまま後ずさる形で、ドアの方に追い込まれた。

「俺は健也に、自分の過去と向き合ってこいと言ったよな」

店長がこういう低い声で話し出したら、客たちはその話を遮ったりしない。自分から地雷を踏む者はおらず、誰も助けてくれないのは明白だった。

「謎は多いが、親に聞けば教えてもらえることだろう。それくらい分かっているよな？　なのに両親との話し合いが嫌で、ここに逃げてきたな」

「養子だと分かっただけで、もうたくさんだよっ。これ以上、何が出てくるか分からない話を聞きたくない！」

誤魔化しても店長は納得しないと思ったから、みっともないと承知で本音をぶつけた。殴られるかと一瞬首をすくめたが、ただ、ため息をつかれただけだった。

「健也、一生今のままでいるわけにはいかんだろうが」

学業にも仕事にも、親にさえ中途半端な関わり方しかできていないと、店長が指摘する。

「それに、ずーっと頭痛持ちでいる気か？」

「放っておいてくれよ！　俺はこのままで構わないのに……」

「ほう、そうなのか」

その一言と共に胸ぐらを摑まれて、引きずられた。問答無用でドアの外に放り出されてしまう。

「言ったろう、ここは大人のための店なんだって」

店長は明らかに見下《みくだ》した目で、地下の小さな踊り場に立ちつくす健也をねめつけてきた。容赦なしだ。

「『酒場』は、己のことも面倒みられないガキが来る場所じゃない。お子様を卒業する気になったら、またおいで。それまでは出入り禁止だ」

「誰がこんな、じじむさい店に来てやるもんか！　ずーっと一人で賄《まかな》いやってな！」

怒鳴ったら、目の前であっという間にドアが閉まった。

「店長、その椅子はアンティークだ！　壊すなっ」

中から騒ぎが聞こえる。店長は昔、武闘家だった人に喧嘩を仕込まれたという話で、向かっ腹を立てて物に当たり散らした時などは、止めるのが大変なのだ。

「けっ、あいつのどこが大人なんだよ！」

やがて店内の声が小さくなると共に、外には何も聞こえなくなり、健也は一人踊り場に取り残されてしまった。むかつく。大声でわめきたい気分だ。そして見たくもない腹の底にある本心は、大声で自分を笑いたいくらい、情けなくて、惨めで、たまらなかった。

5

他に行くあてもなく、実家に戻ったが、相変わらず妙に落ち着かない。大学に行く気にもなれない。さりとて、まだ素直に親と話をすることもできなかった。健也は他にやることを思いつかないまま、戸籍謄本に載っていた、生まれ育った場所を訪ねてみた。

都内ではあったが埼玉県に近く、ごみごみと家が立て込んでいる地域だった。だが近所に今時珍しいくらい立派な商店街があり、人で賑わっていて、いかにも暮らしやすそうだ。

この辺りには自分の昔の友人とか、知り合いがいるに違いない。もしかしたら思い出せない六人の知り合いも、すぐ側にいるのかもしれないと思う。目当てのアパートは、火事になったらどうやって消火するのだろうと、心配になるような細い路地の奥にあった。

（実の親がいたら、どうしようか）

今の健也には、顔すら分からないのだ。怖々、建物を窺《うかが》っていたら、近所の住人が胡散臭そうなまなざしを向けてきた。

「あの……こちらのアパートに、向井《むかい》さんていうご夫婦はおいでですか？」

顔を出していた主婦らしい人に、思い切って聞いてみる。心当たりがないのか、彼女は首を傾げた。

「アパートの人は、引っ越しが多いからねえ」

ではもう、実の両親はここにはいないのだろうか。戸惑っていると主婦は人の好《よ》いことに、他の人にも聞いてくれた。そのうち路地に人が集まってきて話が回りだし、親のことを知っていたという人が、何人か出てきた。

「あの若夫婦は、人間ができていなかったよ」

やってきた人の内で、その場を仕切り始めた老婦人が、ずばりと言い放った。向井夫婦は近所に、あまり良い印象を残していなかったらしい。老婦人が健也にまで疑うような目を向ける。この先もう会うこともない人には、却って話がしやすかったので、健也はあっさりと、自分はその向井夫婦の子供なのだと説明した。

「あんた、あの泣き虫かい？」

どうやらそれが、この地で育った健也の印象らしかった。そして地元の人たちには、健也について別の思い出もあるようだった。


「誰が健也を店に入れたんだ？」

『酒場』から年代物の椅子が一つ減って、二日後のことだった。厨房でしばらく料理に没頭していたらしい店長は、テーブル席に顔を出したとき、料理二品を持ったまま足を止めた。露骨に眉間に皺を寄せている。

「俺が何と言ったか、誰も覚えていなかったのか？」

「店長は、健也がご両親と話し合えば、戻ってきてもいいと言った。そうだよな」

マジシャンの言葉に、ちょっと違うと言いかけて、店長は健也に向けた表情を和らげた。

「そうか、ついに頭痛とさよならする気になったのか」

客たちが大急ぎで、パエリアと、ハムとマッシュルームの辛味パイを、店長の手から取ってテーブルに載せた。ハッピーエンドの報告の場面にしては、店内がぴりぴりと緊張している。健也が落ち着いた声で返事をした。

「頭痛はそのままだよ。世間は相変わらず遠くに見えるし、謎は却って増えちゃった」

「は？」

「店長、俺は子供の頃、実の親に虐待されていたみたいなんだ」

育った家の近所では、商店街で知り合いが立ち話の話題にするほど有名なことだったようだ。何回も警官が呼ばれ、健也は一時保護されては家に戻るということを、繰り返していたという。

そのうちに両親は我が子を、入院するほど殴りつけてしまい、健也は施設で育つことになった。親たちは健也の怪我を事故だと言い張ったそうだが、児童虐待に対する世間の目が厳しい今なら、ただでは済まなかっただろう。両親は罪に問われはしなかったが、さすがに居づらくなったらしく、その件の直後に引っ越したと聞いた。

「ここから先は、今の親に聞くしかないし……どうしようもなくなって昨日、話をしたんだ」

健也が過去をいくらか思い出したと聞いて、両親は驚いたらしい。だが隠すことなく、知っている限りのことを話してくれた。

「俺は施設に入ってから、大人にも子供にも馴染めなくて、しょっちゅう暴れていたみたいなんだ。ブランコと、壁と、カーテンの金具を壊したってさ」

親代わりになって、健也とだけ向き合ってくれる人が必要だと医者は診ていたが、施設ではそうもいかない。

「困った院長が、知り合いに頼んで俺を引き取ってもらったんだ。それが中学二年の時だって」

運の良いことに、今の両親は事情を知った上で、健也を可愛がってくれた。だが……。

「その後も、俺はずいぶん長いこと荒れていたそうだ。ほとんど口をきかないし、今の親が何とかコミュニケーションを取ろうとすると、さらに怯えて暴れる。その繰り返しだ」

それでも親は辛抱強く、落ち着くのを待っていたようだ。健也自身、休まないよう必死に学校へ行っていたという。だが暴れる回数は増えていく。家の壁は穴ぼこだらけだ。このままでは共倒れになると、親が真剣に心配していたとき、事態は動いた。

「俺は高一の春、突然倒れたんだ。そして、いきなりよい子になっちまったらしい」

「は?」

家の中で暴れた上に、原因不明の病気で意識不明。入院したとき、養父母はこの先どうなるかと、泣く思いだったらしい。

ところが病室で意識を取り戻した健也が、突然、親や知り合いとごく普通に会話を始めたので、仰天することとなった。両親はこの変化を天の助けと喜んだ。

「ただ実の親のことを含め、奇妙に記憶が欠け、ぼやけていた。養子になったこととか、暴れていたという自覚とか、今まで思い出しもしなかったんだから」

「今の健也ってよい子なのか……」

店長のつぶやきを無視して、客が聞く。

「どういう理由で、そんなふうになったんだ？」

当然の質問に対し、健也は首を振った。

「そんなこと分かんないよ」

「何でだ？」

「俺には、自分が昔と違うっていう自覚すらなかったんだぞ。原因なんか知るもんか。両親にも分からなかった。調べた医者も、お手上げだったみたいだね」

まだらに消えてしまった過去の記憶と共に、その入院前後の時期のことも、健也の記憶から欠け落ちていった。当時、両親はそのことを心配したみたいだが、支障なく日常を送れると分かると、そっとしておくことに決めたらしい。店長は唸った。

「……そのまま、今日までできたわけか？」

「うん……」

一時は都合の良いことばかりに見えた変化は、頭痛となって今、健也を脅《おびや》かしつつある。健也はテーブルに両の手を突いて立ち上がると、真正面から店長の顔を覗き込んだ。

「店長、助けてよ」

「はあっ？」

「俺は言われた通り、自分と向き合ったぞ。親とも話をしたぞ。でも、これ以上はどうしたらいいか分からない。店長は頭痛を治せと言ったじゃないか」

店長は言葉に詰まって、立ちつくしている。こういう言い方をすれば、この男は絶対に何とかしようとすると、健也には分かっていた。だてに一年『酒場』で働いていたわけではない。本当にどうしようもなくなった者に頼ってこられると、突き放せないのだ。

健也が手詰まり状態なのは本当だが、こんなふうに店長に負ぶさったのには、別の理由もあった。店長が自分を大人だと言うのなら、健也との差を実際に見せてみろという、いささか意地の悪い心根だ。

記憶をなくした当時、医者にも分からなかったその理由を、店長が簡単に見つけられるというのなら、健也は黙って恐れ入るしかない。

（でもきっと……今、困っているよな）

自分は謎を解いて欲しいのか、それとも店長の限界を見たいのか、どちらなのだろう。

大人を自称する者が、どうするかをじっと待った。

6

店長がテーブル席を離れたので目で追うと、マジシャンや飯田医師と、カウンターで話を始めた。やはり引かない構えのようだ。

「あのさ、一応話しておくけど、俺、記憶が途切れたとき、病院で精神科医に催眠術をかけられたみたいなんだ」

それでも謎は解けなかったと健也が言うと、にたりと笑いが返ってきた。

「警察関係者の花立なら実感として分かると思うが、答えを知りたいと思ったら、何を聞くかが大切なんだ。質問がまずければ、収穫は望めないのさ」

「店長は精神科医より、心得ているってわけ?」

健也は座ったまま、大いに疑り深い表情を作る。

「俺たちはお前さんのことを、よく知っている。そこが肝心だと思う」

「ホントかなぁ」

客たちが今日も、『酒場』の中心にスペースを作り始めた。また催眠術をかけられるらしい。その間に健也をカウンター席に呼び、少し質問をさせてくれと言ってきたのは、飯田医師だ。もの柔らかに聞いてくる。横に店長や花立が立っていた。余裕があるのか、なんと手に酒のグラスがある。

「健也君、前に住んでいた所に行ったんだよね。例の六人の知り合いはいたかい？」

「いや、近所の人に、そんな人たちは知らないって言われた。それに、アイツなんて呼び名の人もいるし……」

一人くらいは見つかるだろうと思っていたのに、完璧な肩すかしだった。飯田医師はもう一つ聞いてきた。

「ご両親は六人のことは知っていたの？」

「いや、聞いてみたけど心当たりはないって」

健也は中学の頃、六人とは仲が良かったはずなのに、親には友達のことをしゃべらなかったわけだ。彼らが近所の子供という可能性も消えた。店長が何やら言葉を並べた。

「見つからない謎の六人……子供時代の虐待」

聞いていた飯田医師が、話を続ける。

「他にも適応障害、パニック症状、記憶障害、解離症状、頭痛か……」

医師は店長に向かって頷くと、健也の方に向き直り、語りかけてきた。

「その消えた六人は――もしかしたら健也君の別人格かもしれないね」

「えっ？」

「多重人格、解離性同一性障害。健也君のように虐待を受けた子供には、時々見られる症例だ」

多重人格——健也も名称くらいは知っていた。だが……。

「俺の中に、何人もの別人がいるってわけ?」

「正確には〝かっていた〟だな。俺は健也が別人に化けたところは、見たことがない」

ただ、と店長は言葉を続ける。

「健也は記憶を失ったが、いきなり落ち着いた上に、全く他の人格がいるようすを見せない。六人の友達の名も忘れちまっているし、医者も解離性同一性障害だ、とは言えなかったんだろうよ」

店長の言葉の後に、花立が横から声を掛けてくる。

「飯田さん、多重人格というものは、あっさり治ったりするのか?」

「俺は精神科医じゃないから詳しくはないが、生み出された別人格を、最終的に一つに統合するのに……家族療法、自助グループ、薬物療法等を活用しても、数年はかかるだろうな」

「お手軽でインスタントな方法は?」

「ないよ、そんなものは」

「……そのはずなのに、健也はどうにかしたんだよな」

店長は静かに健也の座っている椅子の後ろに立つと、頭の上から質問を連発し始めた。

「なあ、健也は過去の事実と向き合ったんだ。催眠術抜きでも、何か思い出すことがあるんじゃないか？」

「ちっとも出てこないよ。店長の出した仮定が間違っているんじゃない？」

「カズってどういう奴だった？」

「分かんないって！」

「ミチカは？」

「だから、俺には……」

言いかけて、いったん黙った。頭の中に閃《ひらめ》くものがあった。

「ミチカは……女の人だよ。三十くらい」

そうだった。しっかりとした人だ。

「へえ……美人か？　マサヨも女性だな」

「マサヨは三つ」

頭の中に答えがあった。催眠状態でもないのに、何かが思い出されてくる。確かに自分は知っているのだ！　健也は何だか不安になってきた。

（何故だ？　せっかく思い出しているのに）

「ホシカワはどうだ？」

「店長と同じくらいのオヤジ」

「この野郎——シンとアイツが残ったな」

「シンは二十歳代だと思う。あまりしゃべらないんだ。アイツは……アイツ？　アイツなんて奴いないぞ。いないいんだよ！」

また……頭が痛くなってきた。気がつくと、大きな声を出していた。だがそれしきで驚く店長ではない。

「健也、ここで逃げるな。半分以上分かってきているじゃないか。何もかも事実を知って納得すれば、きっと頭痛も治まって……」

その言葉の終わらないうちに、健也は椅子を蹴飛ばし、立っていた。頭痛は酷くなり、今や頭の中は、鍋をすりこぎでぶっ叩いている感じだ。

（感じる。危険信号を感じる。もうこれ以上、この話を考え続けちゃ駄目だ）

さっさと逃げ出さなくては！　健也は立った拍子に椅子を倒してしまった。それをそのままに、ドアに向かって駆けだした。店長がすぐに追ってきた。あと少しだったのに、逃げ切れなかった。腕を掴まれる。

健也は店長の方を向き、その背の高い姿を睨みつけた。叫んだ！　わめいた！

「アイツはいない！　カズもいない！　だって、だって、だって！」

頭が割れそうだ。だからこの男につきあうと……『とっても不幸な幸運』の缶を開けてしまうと……だから、だから、だからどうにもならないそんなことわかってさいしょからにげてにげてにげておれはおれはおれは——。

「あいつらは俺が殺したんだから、もういないんだよ！」

叫ぶと同時にもの凄い頭痛が炸裂し、健也はノックアウトされてしまった。

7

気がつくと、『酒場』の客席の端の方にある、アンピール様式の長椅子に寝かされていた。店に散らばっているアンティークの椅子の中でも、座り心地が良くゆったりとしているので、普段客たちで取り合いになる一脚だ。誰かが譲ってくれたらしい。

この特別扱いで、自分がどうなったのか、説明されなくとも分かった。はっきり目を開けると、飯田医師が覗き込んできて、頷いてから顔を引っ込めた。すぐに、今度は店長の顔が現れる。

「大丈夫か？」

声が心配そうだった。店長は野良の犬猫には馬鹿みたいに甘い。泣いている者に勝ったためしがない。相手が健也であっても、具合が悪いときには優しい……。

（なのに何で店長は、変に胡散臭いんだろうね。詐欺師か不良の、なれの果てっていう

感じだよな）

笑いが口に浮かぶと、健也が快復した証拠と受け取ったようすで、ほっとした顔になった。

「ずいぶん長いこと気がつかなかったんだぞ。飯田さんが大丈夫だろうと言うんで、救急車は呼ばなかったんだが」

「病院も入院も嫌いだよ！」

そう言って起きあがると、山崎という常連客が、健也に熱い紅茶を出してくれた。

「甘いものをつまんだ方が良くないか？　オートミールクッキーを食べてみてくれ。最近作ったなかでは会心作なんだ」

脇にあるテーブルに置かれた菓子にびっくりして横を向くと、山崎は上着を脱ぎ、エプロンを着けて、甘い香りをさせている。思わず目を剝いた。

（店長ときたら、本当に俺の代わりに、客をこき使っていたんだ）

紅茶を前に、ため息が出てきた。

（やっぱりいい加減な経営者だ）

なのにどうして、自分は大人なのだと大見得《おおみえ》を切れるのだろう。当の店長が、健也に確かめてきた。

「もう頭痛はしなくなったか？」

「……今は大丈夫だよ」

店長が飯田医師らと、視線を交わしている。

「お前さんが気を失っている間に、かつて健也に何があったのか、考えをまとめた。もちろん推測の域を出ない夢想の産物だ。聞くか？　無視してもいいぞ」

「……また、話を続けるの？」

健也が解決してくれと言い、店長が承知した。雲行きが怪しいから、途中で止めようなどと言い出すお子様は、初めから頼みごとなどしてはいけないのだ。

「聞くよ」

そう言うと、店長の満足そうな笑みが返ってきた。考えてみれば久しぶりに見る表情だった。

店長は長椅子の側に椅子を一脚引っ張ってきて、健也と向かい合った。さりげなく菓子の籠を指で遠ざけたのは、甘いものが苦手だからだ。二人を客たちが遠巻きにしている。

「さっき健也は、アイツとカズを殺したと叫んでいた。それは覚えているか？」

頷いた。己の顔が強ばっているのが分かる。

「だがつい最近まで、健也は六人の名前も思い出せなかった。健也という主人格は、他の人格のことを認知していなかったわけだ。飯田さんによると、よくあることだそうだ。そんなふうなのに、お前がアイツたちを殺せたとは思えない。いることも知らないんだぜ。もちろん他人には、二次的人格状態の誰かだけを殺すなんて無理だ」

「……どういうこと？」

「健也の他に、アイツたちを知っていた者が、あと四人いるだろう。他の交代人格たち。人殺しがあったとすれば、可能性として考えられる犯人は、彼らだな」

店長の落ち着いた物言いに、健也が思わず立ち上がった。

「交代人格同士で、殺し合いをしたっていうの？　そんなことありえるの？　理由は？」

その問いに答えたのは、店長の脇にいた飯田医師の方だった。

「俺は、多重人格の患者と多くは会っていないが、かなり快復してきたある患者から、話を聞いたことがある。その患者は、自分の中の交代人格たちが、他のある人格を『消して』しまったと話していた」

人格の消滅、それは『殺された』のと、変わらない——。

「何でそんなことが……」

「交代人格排除の理由は、既にお前さんが半ばまで言っていたがな」

また店長の怖い目が、真正面から見つめてくる。健也はどちらかというと、いい加減な店長の方が好きだった。いや、断然その方がいい。こんな視線はナイフと同じで、いきなり健也の中まで切り込んでくる——。

「健也は暴力が止まらず、引き取ってくれた人の好い夫婦を、追いつめていたと言っていた。殴ったのか？」

「そんなことはしていない！　実際に」

「でも家中、穴ぼこだらけにしたんだろう？」

「俺は……両親を殴っていない。それだけはしていない。それくらいなら……」

急に息が苦しくなってきた。またぶっ倒れそうだ。店長が目の前にいるからいけないのだ！　いつもこうなる。

「何だ？　それくらいなら、お前はどうしたかったんだ？」

店長の声が鋭い。健也はまた外に逃げ出したくなった。やはり話せない。体が震えてくる。ひっくり返りそうだ。自分には乗り越えられない。きっと駄目だ……。

その時。

店長が健也の肩に、ぽんと手を載せた。不思議なほど素早く、震えが止まる。気持ちがゆっくりと、落ち着いてきた。

それと共に記憶が、頭の奥底から湧き出てきた。床を見つめていた顔を上げた。みっともないことに、涙が溢れてきた。

「健也！　言え！」

「ただ——死にたかっただけだ！」

言葉が絞り出されて店内に消えた。

目の前の薄い霧が晴れてゆく。過去が蘇ってきた。

高校へ入った頃、健也は通学路にある陸橋の上で、下を通る電車を毎日眺めていた。確実に死ねる場所だと思った。ただ、まずいことに遠くない場所に交番があって、健也の気持ちを鈍らせる。しかし、本気で死のうと決めた者を、止められる人間がいるだろうか。

「俺は……今の親にだけは、あれ以上迷惑をかけられないと思ったんだ」

駄目なのだ。それだけは駄目だ。生まれて初めて健也のことを、いつも心配してくれた人たちだから。

「親は俺をいつも見ていてくれた。本当に、本気で——どきどきした。俺の良いところを拾って、褒めてくれたんだよ。ちっちゃなことなのにと口ではぶつぶつ言ったけど、嬉しくて嬉しくてさ」

なのに健也ときたら、甘える代わりに家具を、壁を、ぶっ壊す。些細なことに過敏に反応して、夜中にわめき散らす。そんな毎日が既に二年近く続いていた。親たちにしても、もうたくさんだろう。そう思われることが、健也には耐えられなかった。

「俺が死んだら――泣いてはくれるだろうけど、一方ではほっとするだろうと思ってさ」

それくらいしか、義理の親たちにできることを考えつかなかった。それである日、明日は早めに家を出ようと決めた。早朝なら人通りも少ない。橋から飛び降りるのが、楽な気がした。

そう思った夜、健也は倒れたのだ。

「生き延びるために、虐待の記憶を背負っている人格や、攻撃性を持った人格を皆で排除したんだな」

そうしなければ、健也そのものが消滅してしまうから。他の人格の存在を自覚している交代人格が、まとめ役になったに違いない。

朝が来る前に、健也はリセットされたのだ。

「それが……人殺しの真実か……」

それは記憶が吹っ飛ぶほどの衝撃を、健也にもたらした。虐待をした実の親を忘れ、何年分もの記憶をあやふやにし、交代人格たちすら、どうなったか分からないまま、表に出てこなくなっている。少なくとも今は。

おかげでまだ生きている。

ただ……。

「俺は、半分死んでいるのかな」

完全に死にたくないばっかりに、自分の一部を殺してしまった人間だったというわけだ。ため息をついて、また下を向いた。その時健也は、横っ面にもの凄い拳固をくらった。

「！ ……店長っ」

一瞬息ができなかった。めちゃくちゃ痛い。

「可哀そうな自分を哀れんで、どうするんだ！ 男のくせにうじうじと、気色の悪いことをするんじゃない！」

先ほどまでの心配そうなようすは、夢だったのかと思えるほど、きつい顔をしている。

「健也は健也だ。犬や猫やゾンビや幽霊じゃあるまいし。そうだろうが」

「比べるのに、何で人間以外のものを並べるわけ？」

店長に文句を言うと、不思議と日常が戻ってきた気がした。

「あの……」

「健也君、まだ世間から距離感を感じるかい？」

そう聞いてくれたのは飯田医師で、こちらは本職の医者だから、健也のようすが心配なようだ。

「いえ……なんか……そういう感じは消えたかも」

答えてから、その現実に自分で驚いている。世界が目の前に戻ってきたのだ。ただ、今はひたすらに顔面が痛い！

隣で誰かが大きく、ほっと息をついたのが分かった。見たら……店長だった。

（心配してくれてたんだ）

たとえ拳固をふるっても、嫌みを言っても、それでも。そして店長は「助けて」という健也の言葉に応えて、確かに結論を出したのだ。健也はじんじんと疼《うず》く頬に手を当てた。

店長の行動を、健也は認めるしかない。

気がつけば、まだ健也は催眠術をかけてもらっていないのに、客たちが椅子やテーブルを元に戻し始めていた。

（『とっても不幸な幸運』の缶を開けちゃって始まった騒ぎは、終わったんだな）

自分に向けられていた特別扱いの視線が消えている。店長の方は、これで健也は大丈夫なのだと勝手に確信したみたいで、さっさといつものペースに戻っていた。

つまり、もう仕事を始めても構わないのだろう。健也が厨房に顔を出すと、割烹着を着た客たちが二人、キャンプファイヤーのカレーでも作っているかのようすで、楽しそうに大根を煮ていた。

「見て分かる通り、手は足りている。健也、大学に行けよ。家に戻れよ。それから親に説明して……」

　店長が後ろから声を掛けてくる。それを飯田医師が止めた。

「言っただろう、店長。解離性同一性障害の治療を、急《せ》かしては駄目なんだよ」

「もう治っているんだろう？」

「健也は過去に無理をしているんだ。頭痛のことといい、完治とは言い難《がた》い状態だな。ゆっくり皆で相談に乗っていこう」

「面倒くさいなぁ」

　垣間《かいま》見たと思った店長の優しさは、夢幻だったのかもしれない。健也は当分『酒場』で働くと、先手を取って宣言しておいた。

「だけど、実家から通うとか、できることから変えてゆくようにするから」

　それがいいと笑う飯田を無視して、店長が勝手に次の行動を指示した。

「まず昼間、大学には行けよ。さもないと……」

「どうなるの？」

「のり子は今のところ、店への出入りを禁止にしてある」

（やはりそうか……）

　父としては、娘を合格点の付かない男には近づけたくないわけだ。

（一難去ってまた一難。しかもこの問題は、結構大変そうだぞ）

にたりと笑った店長に、「けっ」と言い捨て、仕事に戻った。まあ、一つ大きな悩みが減ったのだから、今にして思えば今度の騒動はありがたい話だったのかもしれない。

（でも……）

これからが、いっそう大変だという気がした。健也は今度こそ正面から自分と向き合って、過去と折り合いをつけていかなくてはならない。

面倒くさい。うざったい。ため息が出てくる。ちょっと自信がない。アドバイスは受けるだろうが、本質的には、自分一人の力で治していかなくてはならないのだ。

（できるかな。やるしかないよな）

店を見渡してみると、一癖も二癖もありそうな男ばかりが、自分は一人前だという顔をして、酒を飲んでいる。

（おっさんたちを見ていると、いろんな人生があってもいいって気がしてくるよなぁ）

まあ、きっとやっていけるだろう。

だが。

たとえまた見かけることがあっても、健也はもう『とっても不幸な幸運』の缶を買う気はない。それだけは確かだった。

真実と向かい合うには、恐ろしく胆力が必要だと思い知ったから。そしてもう一度己と向き合うとき、缶に頼ったら、あの店長にぶん殴られるからだ。
(今後のことを考えて、もっと自分の心と、腕力の両方を鍛えるべきだろうか)
缶をまた開けるよりも、その方がよいだろう。断然よいと思うのだ。

第四話

花立は新宿を走る

1

花立が行きつけの『酒場』は、新宿、伊勢丹近くにある。そこの店長も客たちも〝やけっぱち〟という言葉が、この世にあることは知っていた。

だが、よりにもよって警察関係者の花立が、そのやけな気分と共に『とっても不幸な幸運』の缶を『酒場』に持ち込んでくるとは、誰も思いもしなかったらしい。花立は、缶が引き起こしたとんでもない騒動を、いくつも経験しているからだ。缶を開けると幻影が見え、それがいつも予想外の話に繋がっていく。

にもかかわらず、その危なっかしい缶を買ってきた。

「花立、お前さん、いったいどうしたっていうんだ？」

店長がテーブルにいつもの酒を出しながら、親友に恐る恐る聞いた。過去における『酒場』内バトルの教訓からか、さすがの店長も花立を相手に、無理矢理缶を取り上げるまねはしない。

「百円ショップでこいつを見て、思い出した男がいてな。それでつい、手を出したんだ。そいつはこの缶を凌《しの》ぐような、とんでもない騒ぎを起こしている」

アンティークの椅子にゆったりと腰掛けた花立は、缶を片手にしながら、広い店内にいる皆に落ち着いて説明を始めた。

「仕事仲間の間では結構な有名人だ。そろそろ四十路《よそじ》の、一見目立たない奴でね。前に話したことがあるから、店長は覚えてないか？『棺桶屋《かんおけや》』と呼ばれている男だよ」

「犯罪者なのかい」

聞いたのはマジシャンの天野で、店長の方は硬い表情を作って、黙ったままでいる。

「何度か捕まっちゃいるが、大した罪を犯したわけじゃあない。ただ、こいつがちんけな犯罪を犯すと、いつも関わった誰かが死ぬんだよ。それで『棺桶屋』なんてあだ名が付いたんだ」

もっとも『棺桶屋』が殺したわけではないから、こんなあだ名は迷惑だろうと、花立は凄みのあるごつい顔で小さく笑った。

「そんなことが現実にあるのかい？　確認しておきたいが、偶然だという可能性は？」

「今じゃ俺の周りで、その事実を疑っている奴はいないよ」

十年近く前のこと、『棺桶屋』が万引きをし、二人目の犠牲者が出た段階で、花立は『棺桶屋』が死神なんじゃないかと、大いに疑っていた。ただ当時は花立の言葉を、真剣に受け取る同僚はいなかった。そんなこと、常識では考えられないからだ。

その後『棺桶屋』が空き巣に入ったあと、気に病んだ住人が、しばらくのちに発作を起こして死んだ。引ったくりをしたときは、追いかけていた被害者が赤信号を無視して車に轢《ひ》かれて亡くなった。死者が四人、五人と増えてゆくのが、誰の目にも事実として映った。最新の犠牲者は警官で、『棺桶屋』が運転していた盗難車を車で追跡していたとき、飛び出してきた子供を避けようとして、事故死した。

「その警官は、そりゃあ真面目な、まだ警察に入って間もない奴だったんだ」

この時以来、花立の周りの意見が変わった。常識の範疇《はんちゅう》には収まらない事実を、そのまま受けいれるしかなくなったのだ。

「奴はもう七回軽犯罪を繰り返していて、その時に亡くなった人の合計が、八人になる！　八人だぞ。信じられるか？」

だが、誰も『棺桶屋』の罪を問えないでいる。法律には引っかからないからだ。

「そこまで常識外れな奴なら、店長と会わせてみたくなるね。そいつに店長が殺せるかどうか、見たいもんだ」

「そうさな。店長なら死なずに済むかもしれん。そうすればジンクスが破れるぞ」

客たちの勝手な言葉に、店長はカウンターで乱暴に酒を注ぎつつ、文句を言った。

「おいおい、ただの商売人の俺を、醜名《しゅうめい》高き犯罪者の餌食《えじき》にする気か？」

「だって店長は、気合いを入れて殺そうとしたって、死にそうもないじゃないか」

「あんたは、敬二郎《けいじろう》さんに仕込まれた男だから」

年配の客たちが、にやにや笑いながら言う。店長は口の端をひん曲げて、返事をしない。敬二郎という耳慣れない名に、ウェイターの健也が首を傾げた。医者の飯田に誰のことかと聞くと、店長の父親、先代のマスターの名だと教えられた。

「敬二郎さんは、まだ若かった頃の戦後の混乱期、この新宿辺りで有名だったという強《つわ》者《もの》だ。面白いおっさんで、俺も好きだったな。もう亡くなった」

「店長のお父さん？　えー、戦後の混乱期？　俺の親父じゃ、もう戦中戦後のことは知らないよ。戦争が終わってから何年経ってるっけ」

健也がぶつぶつと言いながら数えているうちに、急に店中の視線が缶に集まった。花立がプルトップに手を掛けたからだ。

「おい花立さん、買っただけじゃなく、開けるつもりかね？　また思いも掛けないことが起こるかもしれないよ」

他の客が心配そうに注意してくれたが、花立は思い止《とど》まるつもりはない。

「実は『棺桶屋』が、また違法行為の片棒を担ごうとしているんだ。今回の犯罪は相棒がいて、少々気合いが入っている。奴が組んだのは、『爆弾オタク』なんだよ。時限爆弾が大好きな奴だ。今までは爆発させるぞと脅すだけだったし、作った爆弾も威力は大したものじゃなかった。だが、今回は——」

組んだ相手が悪すぎる。本人たちにその気がなくとも、ビルの一つくらいは、消えてなくなるかもしれない。

「すまないが店長、ここで缶を開けるよ。俺は何でもいいから、変化のきっかけが欲しいんでね」

「おい、その缶は決して幸運ばかりを運んじゃこない。街ごと吹っ飛ぶ運勢を摑むことになるかもしれないぞ」

店長が警告するのは当然だ。それを無視して、花立はプルトップを一気に引き開けた！

途端、目の前が静まりかえった。不可思議なほど何も起こらない。

「あれ、この缶は偽物だったのかな」

花立は思わずがっかりして、側に立つ店長に声を掛けた。だが返事がない。

「おい、どうしたんだ？」

誰も何も答えなかった。『酒場』にいるのではなく、別の部屋にいて、『酒場』のビデオを眺めている気分だ。いつもの平穏な光景が目の前にあるのに、花立だけがそこに加わっていなかった。

（これは、缶が見せている幻影なのか？）

顔をしかめた瞬間、突然、目の前の光景が切り替わった。別の日の『酒場』を見ている気分だ。こっちの店内では、客たちがパニックに陥っていた。必死に逃げようとしている。花立も何故だか恐怖を感じ、浮き足立った。

（……怖い！）

そう思った途端、いきなりもの凄い音が店内を満たした。体が浮く。痛みがあった。何もかもが真っ赤になって、見えなくなった。

そして……。

気がついたときには、鮮烈な赤は消えていた。いつもの『酒場』が戻っている。客たちの声が聞こえた。

何人かが花立の方を向き、顔を強ばらせていた。

「うわっ」

「おい、どんな幻影を見たんだ？」

缶を握った花立の手に、細かな切り傷が山ほどできて、血が滲んでいたのだ。慌てて飯田医師が駆け寄ってきた。

「やれやれ、今までで一番ハードな幻影だよな。実際に怪我までするなんて」

店長が差し出した洗面器に消毒薬を入れて、飯田は血だらけの花立の両手をその中に浸けた。傷口が染みて、口を横一文字に食いしばる。包帯を巻かれた手が、手袋をはめたようになったので、花立は大げさだと顔をしかめた。飯田が眉間に皺を寄せる。

「大変な問題を抱えて焦る気持ちは分かるが、花立さん、無茶をしてはいけないよ」

飯田の言葉を、店長が遮った。

「忠告しても遅いって。『とっても不幸な幸運』の缶の蓋は、開けられちまったからな」

「しかし今回の幻影は、意味が分からない。○と×が見えた。何だ、ありゃ」

何が起こるのか分からないが、もう止められないだろうと店長は冷たく言う。

店長の言葉に、飯田が首を傾げた。

「私が見たのは別のものだ。道だった。Y字路だ」

「俺には昔つきあった女が見えたよ。二人だ」

「カレーとラーメンが目の前にあったぞ」

マジシャンの一言に笑い声が起こったあと、客たちが目を見交わして頷いている。どうやら皆に缶が見せた幻影は、二者択一の図らしい。

「花立さんは何を見たんだ？」

飯田に聞かれ、一瞬答えに詰まった。あの『酒場』の光景が、二者択一を示していたとすると……。

「一つめに見えたのは、『酒場』のいつもの毎日。別の場面では、『酒場』が客ごと吹っ飛んでたよ」

「おやおや、生きるか死ぬかの、二者択一か？　怖いねえ」

店長が皮肉たっぷりに言う。

「だが言うことを聞かずに、缶を開けたお前が悪い。もし本当に死んだら、大サービスで、線香の一本もあげてやろう」

店が吹き飛ぶところを見たと言われたのだ、店長は怒っているのかもしれない。だが花立のテーブルに、包帯だらけの手でも簡単に取れる、チーズのつまみを出してくれもした。この男の行動は、どうも分からない。

「こりゃあ、また賭けができるかな」

『酒場』の客たちは、話の成り行きを楽しんでいるようすだ。だがただ一人、飯田が渋い顔だ。

「どちらさんも、ちっとは大人しくしてくれよ。最近やたらと、駆り出されてるじゃないか。私は『酒場』のお抱え医者じゃないんだ。これじゃ飲みに来ているのか、仕事に来ているのか分からん」

「悪いと思っているよ、飯田さん。今日は好きに飲み食いしてくれ。ところで花立、お前に確認したいことがあるんだが、いいか」

店長の言葉は落ち着いた感じではあったが、花立は椅子の上で背筋を伸ばした。そうさせるような低い声だったのだ。

「思い出したんだがね、以前死んだ部下というのは、お前さんの甥《おい》っ子じゃなかったっけ」

「覚えていたか」

「あの時お前は、その『棺桶屋』って奴を殺してやりたいと言って、半泣きで腹を立ててたよな。自分の犯罪は死人を生むと、経験上とっくに分かっているはずなのに罪を犯す奴は、死神よりたちが悪い。法的に裁かれないのを良いことに、人殺しを続けている鬼だと」

「ああ、そうだ」

「そいつがまた、犯罪を繰り返そうとしているんだな？　だがお前は、まともに捜査して捕まえても無駄だと思っている。今回もまた死人が出たって、自分が手を下すわけじゃない『棺桶屋』は、その罪を負わないからな」

「あいつは楽しんでいるのさ！　人の心の中には、そういう残酷な一面がある。人の死を招いても罪に問われないと分かったら、止まらなくなる奴は他にもいるだろうよ、きっと」

花立が拳を振り下ろすと、テーブルが腹に響く音を立てた。包帯の上に血が滲んだが、花立は不思議と痛さを感じない。

そうなのだ。このままでは死人が増えていくだけだ。前回もその前も、同じような焦燥感にかられたが、手を打てなかった。もしかしたら己の妄想ではないかと疑い、その可能性にすがったのだ。『棺桶屋』はまた微罪を繰り返し、その時に、生真面目《きまじめ》だった自分の甥までも死んでしまった。

(俺はあいつが『棺桶屋』の捜査に加わったと聞いて、危険を感じていた。でも警告することしかできなかった)

あいつはまだ二十三だったのに——。正義感が強いからと、警官になることを勧めたのは、花立だ。甥は将来に希望を一杯抱えて、働きはじめたところだった。あんなに早い死が待っていると分かっていたら、絶対に同じ職業につかせはしなかった……。

「花立、お前、『棺桶屋』を捕まえに行くのか？　それとも殺すつもりか？」

テーブルの脇に立った店長が、まるで料理の注文を取るように、淡々と聞く。

「迷っているところさ」

こちらもあっさりと返答すると、側で聞いていた健也が、奇妙な声を出した。息を吸っていいのか吐いた方がいいのか、分からなくなったらしい。

「花立さん、警察関係者なんでしょ？　冗談でも、そんなこと言っちゃまずくない？」

心配してくれる若者に返す言葉が見つからず、黙って席を立ち、ドアに向かった。店長が勝手に、帰っていく花立の心中を代弁している。当たっているかもしれないと思う。

「花立の甥は、叔父さんを慕って警官になった。花立には子供がいない。甥をそりゃあ可愛がっていた」

店の中が急に静かになった。

「つまりな、健也。あいつは死神である『棺桶屋』の方が生きていることに、もう我慢ができないんだよ」

店のドアが背後で閉まったので、花立はその先の店内での会話を、聞きそびれてしまった。

2

翌日の午後、新宿御苑にほど近い交差点を、花立は歩いていた。平日のこんな時間に、太陽の下にいるのは久しぶりだ。花立はもう、捜査の第一線から退いて久しい。署内で大人しく書類仕事をし、報告を受け、責任を取る。それが花立の仕事だ。今日だとて、本当はこんな場所にいるべきではないのだ。

『爆弾オタク』と『棺桶屋』は、あるパチンコチェーン店に、時限爆弾を仕掛けるぞと言って、あまり大きくない金額を要求していた。騒ぎになって店を休むより、あっさり出した方が得だと思わせるほどの金だ。

（それくらいなら、簡単に手に入ると思ったのかね）

花立は大通りから外れて、奥の狭い道を歩きながら、ため息をついた。一度金を出してしまえば、先々いくら強請《ゆす》られるか分からない。まともな経営者なら、すぐに警察に届けるだろう。

パチンコ屋への脅迫には、携帯電話が使われたが、犯人二人はくどくどとしゃべった上に、いつも似たような場所から掛けてきたので、警察は居場所を絞り込むことができた。

花立は道の両側にある、古いビルの一群に目をやった。

（この辺りの一室にいる可能性が高い）

刑事たちは今頃、目をつけた部屋を回っているのだろう。今回の犯罪は現行犯でなくとも、証拠の爆発物さえ押さえてしまえば、逮捕できる。あっさりと事件は解決するはずだ。

（いや、警察はそうなると思いたいのだ。願っていると言ってもいい）

しかし、無理に決まっている。『棺桶屋』の名が出た以上、無事に済むはずがなかった。もう七回も同じ過ちを繰り返しているのに、同僚たちはまだ懲りていないのだ。

もし本気で被害者が出るのを阻止したかったら、方法はただ一つしかない。一刻も早く、誰かが『棺桶屋』の方を殺すのだ。

足が止まった。握りしめた拳が震える。

(俺が殺せば、今回で犠牲者が出るのを最後にできる)

自分はもう止まらないだろうと思う。そのために今、新宿に来ている。かつて最前線にいた頃の勘と経験を総動員して、人殺しになる道を突き進んでいるのだ。気がおかしくなったのかもしれない。だが本気だった。

その時、携帯電話が鳴った。道の真ん中で息を呑む。己の恐ろしい心の内を誰かに見透かされたようで、心臓が大きく、速く打っている。何とか電話に出てみると、部下からの報告だった。

「……逃げられたって?」

『爆弾オタク』の借りていたアパートを突き止め、踏み込んだのだが、もぬけの殻だったらしい。『爆弾オタク』は爆弾を作るのが楽しみな奴なのだから、今回も既に爆発物を作っているはずで、その危険物ごと消えたことになる。電話を切ると、花立は鋭く舌打ちをした。逃げた『棺桶屋』がどこに向かったのか、まるで見当がつかなかったからだ。

「くそっ」

やはり昨日、迷いを抱えたまま『酒場』へ寄って、『とっても不幸な幸運』の缶など、開けていたのがいけなかった。昨日のうちに『棺桶屋』を捜しに行っていれば、逃げられる前に、あの男を殺せたかもしれないのに！

　また携帯電話が鳴った。『棺桶屋』の行方が知れたのかと思ったら、今度は『酒場』の店長からだった。

〈花立、まだ生きているか？〉

　前置きなしの第一声に、驚くというより苦笑が浮かんだ。

「突然電話を掛けてきたと思ったら、ずいぶんな言葉だな」

〈あんただけじゃなく、『棺桶屋』も存命か？　誰か犠牲者は出たか？〉

　言われてひやりとしたが、努めて平静に答える。店長は勘の良い男だった。

「今のところ、誰も死んではいないよ」

〈おーい、まだ皆生存中だ。これで三分の一は落ちたな〉

　電話の向こうから、〈チクショウ〉とか〈外れたぁ〉とかいう声が聞こえる。まだ陽も高いというのに、どうやら『酒場』には常連客が集まっているらしい。目的は〝賭け〟で、その対象は花立や『棺桶屋』のようだ。

「おい、お前ら、何やっているんだ！　賭博《とばく》は違法行為だぞ」

〈花立の関わっている事件が、どう話が転がるか推測しているだけだよ。事件は収まるが、犠牲者は出るだろうと、皆思っている。その候補は『棺桶屋』と花立と不特定の人物だ。死ぬのは一人か、二人か、それ以上か。いつ死ぬか。選択肢が多いせいか、なか

なか良い賭け率になっているぞ。賭けの第一グループは、花立が死ぬという前提からのバリエーションだ〉

悪びれるようすもなく店長が説明する。二つめのグループは、『棺桶屋』が死ぬ可能性からの組み合わせ。三つめは今まで通り、無関係の被害者が出るだろうという考えに立ったグループだ。

〈残念ながら、被害者なしで警察が見事に事件を解決するというのには、賭けた奴がいなかったな〉

「ふざけやがって」

花立が怒った声を出すと、なら自分が警察の名誉のために賭けるかと、店長が聞いてくる。警察関係者が賭けなどできないと突っぱねると、「真面目なことを言う」と、低い声で笑っていた。

「犠牲者は出たものの、俺が手柄を立て『棺桶屋』が捕まる、というのに賭けた奴はいるのか？」

試しに聞いてみる。

〈いる。ただし一人だけな〉

花立が何とか事件を解決できたら、その男が賭け金を総取りするのだ。だが。

（そいつは賭けには勝てないな。誰だか知らんが、お気の毒な話だ……）

花立はふと思いつくと、質問を口にした。

「実は先ほど部下から報告があってな、『爆弾オタク』たちが潜伏先から消えたらしい。奴らは爆弾を持っているはずだ。急いで捜さねばならない。どこへ隠れたと思う？」

途端に『酒場』の客たちが、文句を言いはじめた。どうやらスピーカーホンの機能を使って、皆で会話を聞いていたようだ。

〈駄目だよ店長。賭けに参加しているんだから、知恵を貸しちゃあ、ずるいよ〉

「こら常連ども、これは事件の捜査なんだぞ！　賭け事の都合で邪魔をするんじゃない！」

わははと、笑い声が聞こえる。

〈思いついたことがないわけじゃないが〉

聞こえてきた店長の声は、妙にからみつくような調子だった。

〈花立は『棺桶屋』を見つけたら、殺しちゃうかもしれないからなぁ。人殺しの片棒担ぎは、中学生の父親として、正しい行動ではないだろ。のり子に何て言えばいいんだ？〉

この言葉に花立は歯を食いしばった。店長は頭は切れるが、自分の抱いている悔しさの百万分の一すら理解していない。のり子が殺されたわけではない。実感できないからだ。

「早く『棺桶屋』の居場所を推測しろよ。店長、あんたの勘は抜群だからな」

〈なあ、花立。『棺桶屋』は本当に、死神なのか？　ただのちんけな軽犯罪者じゃないのかい？〉

「……何が言いたいんだ」

〈あんたは可愛い甥っ子の敵《かたき》を取りたいんだ。『棺桶屋』さえ、馬鹿な軽犯罪を犯さなければ、甥っ子の事故は起きなかった。だからごたいそうで奇妙な理由をくっつけて、あいつを殺そうとしている。そうじゃないのかい？〉

「小牧洋介！　さっさと警察に協力しろ！　さもないと客共々、賭博の罪でしょっぴくぞ！」

　街のど真ん中で、思わず怒鳴っていた。

〈怖いねぇ、はーいはい〉

　電話の向こうから、人を小馬鹿にしたような、薄っぺらくて軽い返答が聞こえる。

　向かっ腹が立った。

（くそぉ、あのやろう！）

　目に付いた小さなビルの、入り口近くにもたれ掛かって気を静めていると、店長がやっと、聞きたかった推察を披露した。

〈『棺桶屋』と『爆弾オタク』は警察を恐れて、急いで逃げたんだろう？　ホテルには捜査の手が入るかもしれんし、急にアパートやマンションを借りるというわけにもいくまい。だいたい、敷金礼金に使えるまとまった金があるなら、ちんけな脅迫などしないからな〉

だが、まだ金を取ることを諦めていないのなら、警察の手の届きにくい他県に逃れるという気にもなれないだろう。

〈知り合いの家に転がり込むのもまずい。警察が張り込んでいるかもしれん。しかし新宿にはもう一つ逃げ込める場所がある。爆弾を持っていても、誰にも胡散臭い顔をされないで済むねぐらだ〉

「だからそれはどこだ。言えよ！」

〈ホームレスの段ボールの家だよ。自分たち用のものを作ればいい〉

息を呑んだ。それならまだ、新宿にいる可能性が高い。だが……本当にそんな場所に、潜伏しているのだろうか。

「その考え、確かなんだろうな」

思わず、疑いを込めて聞き返したら、馬鹿にしたような声が、電話から返ってきた。

〈疑うのかぁ？　そーだよなー、お前はお堅い警官だから、犯人が警察学校の教科書に書いてある以外の行動をするなんて、信じられないよなぁ〉

花立はご立派だとか、でも、可愛くないーとか、店長はふざけた口調でぶつぶつ言っている。

「うるさいっ」

一言怒鳴ったら、『酒場』の客たちが話に割り込んできた。

〈花立さんがしゃべれと言ったんじゃないか〉

〈文句言うなら、自分で考えろよぉ〉

うっとうしいこと、この上ない。だが、花立には他の案も思いつかなかった。

「しかし段ボールハウスを調べるとなると、大変な仕事になりそうだな」

不況でホームレスの数は増えている。新宿中の段ボールハウスを、いちいち確かめる作業を考えただけで、目眩《めまい》がしてきそうだ。

〈アホウ。新参者がいないか、古参のホームレスに聞けばいいだろう？　風呂に入るのも不自由だとなれば、年季の入った者はアンモニア臭がする。すぐに見分けられるさ〉

「なるほど」

〈ちっとはありがたいと思ったのなら、すぐには殺されてくれるなよ〉

そのうちまた電話すると言って、通話は切れた。どうやら店長は、花立が今日死ぬという可能性には、賭けていないらしい。長いつきあいだというのに、どうにもあの男の行動は、読み切れなかった。

（しかし、店長の推測が合っていれば、これで部下たちに先んじて、『棺桶屋』にたど

り着けるかもしれん)

夜間は閉まる新宿御苑ではホームレスを見かけないから、駅へ取って返した。駅での寝泊まりには厳しい目が注がれるようになっているが、それでもホームレスたちがいなくなることはない。いったん新宿駅南口に出て、そこから駅ビルのルミネ前を西口方面に進んだ。平日の昼間だというのに、人の波は途切れもせず、太い束となって街中を行き来している。

(今、近くに爆弾を抱えた物騒な奴がいるなんて、誰一人思いもしていないんだろうな)

平和で安全な毎日が、当たり前にある社会だ。それでも完璧などあり得ない以上、犯罪もあり、時折不幸も襲ってくる。誰もがとことん平和ぼけしているせいか、最近の加害者には、奇妙なほど無神経な者が多い。だから事件は残酷な、やりきれないものになる。

(『棺桶屋』は、八人分の無念を、思い知らなければならないんだ)

京王百貨店前から地下に潜った。階段を降りながら、ゆっくりと指を握りしめ、また開く。警官なら誰でも多少は武道の心得がある。花立は並以上で、学生の頃から空手をやっているから、武器などなくとも十分物騒な存在だ。以前『酒場』で、盛大なオヤジ同士の殴り合いになったとき、まともに花立とやり合えたのは、店長を含め二人だけだった。

人が早足で行き交う地下では、日中のせいか、ホームレスをあまり見かけない。段ボールハウスにいたっては、ほとんどなかった。

それでもホームレスが板についている者を見つけ、『棺桶屋』の存在をあたってみる。だが、そう都合良く、すぐには行き当たらなかった。次々と人を変えて聞きながら、徐々に小田急方面へと、地下の柱の間を移動してゆく。十人ばかりも選んで声を掛けたが、収穫なしだった。

（簡単にはいかんな）

考えてみれば、刑事として現役で聞き込みをしていたときは、何日も収穫がないことなど、ざらだった。これしきで音《ね》をあげては、仕事中の若い警官たちに笑われそうだ。

もう一度気合いを入れ直したとき、階段の下で横になっている男が目に入った。間違いなく古参らしい老人だ。体が不自由なのか、何となく動きがおかしかった。

「この辺りに最近やってきたホームレスを知らないか？　二人捜しているんだが」

声を掛けたら、睨むような目で見返してきた。五百円玉を見せると、老人は金を引ったくったあげく、「誰も知らん」そう言って、そっぽを向いてしまった。

「おいっ、金だけ取るつもりか！」

思わず声を荒らげる。そこに、

「じいさん調子悪いんだ。見逃してくれよ」

後ろから声が掛かった。振り返った先に、残飯入りらしいゴミ袋を抱えた男が、雑踏から浮き上がるような感じで立っていた。

（こいつもホームレスかな）

それにしてはそう年寄りでもなく清潔に見える。まだ五十そこそこくらいだ。こんな人物もホームレスだという事実が、もの悲しい。

「何でその新入りたちのことを、聞いてるんだ？」

じいさんの代わりに答えてくれる気かもしれない。半分正直に、小声で言った。

「緊急事態なんだ。彼らは今、爆弾を持っている」

柱の横にいったん腰掛けようとしていた男の腰が浮いた。花立の顔を見つめ、正気を確認してくる。警察手帳を見せると頷いた。

「こんなところで爆発騒ぎがあったら、俺たちは真っ先に追い出されてしまう」

しかめ面でこぼしながら、男は付いてくるよう、花立を手で招いた。捜すのを手伝うと言う。昨今、ホームレスが過ごせるような場所には、大概先住者がいる。移動する場所を確保するのは大変なのだそうだ。

地下の柱の側に一人、ハルク方面の地上に出た後、小径を入ったところに一人、男が寝転がっていた。いずれも新顔だそうだが、目当ての『棺桶屋』ではなかった。

「そうだ、二人は一緒にいるかもしれない」

花立がそう言うと、案内人の男は眉をちょっとばかり上げ、道をかなり先まで歩いて行った。小径を曲がり、指さす先の地下道を入ってすぐのところに、新しい段ボールハウスがあった。

「ああいう通行の邪魔になる場所には普通、ハウスは作らないんだ。すぐに撤去されてしまうからな。新入りなんで分かっていないんだろうと、仲間と話していたところだよ」

あそこには確か二人いたはずだと言う。花立は黙って男に深く頭を下げると、静かに近づいていった。目の前、十メートルも離れていない場所に、『棺桶屋』がいるかもしれない……。

（もし本当に奴を殺す気なら、人目を気にしていてはできないだろう）

ホームレスの男が、まだこちらを見ているのは分かっていたが、迷っている暇はなかった。『棺桶屋』の居場所が分かれば、警官が来る。奴が捕まってしまったら殺すチャンスはなくなる。衆目《しゅうもく》のど真ん中で、今やるしかなかった。己が殺人犯として捕まるのを承知で、出会いがしらに手を下すのだ。

こんなにも簡単に人を殺そうとしている自分に、驚いていた。警官と犯罪者なんて、紙一重《かみひとえ》の差しかなかったわけだ。指に力を込め、ゆっくり忍び寄る。段ボールハウスの入り口を、いきなりむしり取った。

「えっ」

中を見た途端、立ちすくんでしまった。

「これは……」

人が一人、転がっていた。写真で見たことがある顔は、『爆弾オタク』その男だ。

どう見ても彼は、既に死んでいるようだった。

3

高層ビルが建ち並ぶ都会の隙間にあって、副都心の名とは不釣り合いに小さな建物が並んでいる小径を、警官が立ち入り禁止の黄色いテープで塞いでしまった。おかげで地下道は通れなくなり、新宿の西口と東口を行き来する人たちは大回りを強いられた。知らずに入ろうとする人間と、早々に来た取材クルーで、辺りはごった返している。

（死人……出ちまったな）

花立は歯を食いしばりながら、署に連絡する羽目になった。まさか『爆弾オタク』が犠牲者になり、自分がその通報をするとは思ってもみなかった。

（あんな物騒な相棒と組むからいけないのさ）

抜け道周辺で忙《せわ》しく立ち働いている警官たちの頭越しに、眉をひそめながら段ボールハウスの方へ視線を向ける。『爆弾オタク』の死因が何かはまだ分からないが、おそらく今回も『棺桶屋』が直接、殺したわけではないのだろう。

「九人目かよ」

段ボールハウスの中に、爆弾は残っていなかった。『棺桶屋』の姿もない。

〈揃って消えたのだから、今は『棺桶屋』が爆弾を持っていると考えるのが普通だよな〉

だがあの男には、爆発物を扱う知識はなかったはずだ。どうして持ち出したのか、妙に気になった。

何だか面白くないことが起きている気がしてならない。いらいらしながら煙草に火を点けようとしたとき、携帯電話が鳴った。ニュース中継のカメラを避けて、飲み屋横の隙間に身を寄せてから電話に出た。

〈おい花立、テレビに映っていたぞ〉

聞こえてきた店長の声は、いたって呑気なものだった。店から掛けているらしい。

〈犠牲者が出たな。『爆弾オタク』だって？　でも今回も、『棺桶屋』が殺したわけじゃないんだろう？〉

「あのな、俺が『爆弾オタク』の死体の第一発見者なんだ」

そう言うと、驚いたのやら、苦笑したのやら、客たちの勝手気ままな感想が、わいわいと電話から聞こえてくる。花立は急に、『酒場』へ行って一杯やりたくなった。ここから店まで大した距離はない。だが、どう考えても、今は酒を飲んでいる場合ではなかった。

「店長、『棺桶屋』が爆弾を持って、消えちまったんだ」

小声で情報を流すと、珍しくも黙り込まれてしまった。警察は駅を中心に捜索網を敷いているが、まだ『棺桶屋』は捕まっていない。できたらまた、店長の知恵を借りたいところだが、この沈黙は何なのだろう。

〈……『爆弾オタク』の作る時限爆弾は、大した破壊力はないと言っていたよな?〉

「今まではそうだった」

花立としては、そう答えるしかない。

「どこを捜せばいいと思う?」

答えが欲しかったのに、店長の口から出たのは、また質問だ。

〈『爆弾オタク』に死なれた『棺桶屋』が、爆弾を持ち出した理由は何だと思う?〉

「そりゃ、脅迫を続けるためには、必要だからな」

〈『棺桶屋』は今までちんけな犯罪にしか、手を染めてないんだろう? きっと気は小さい男だ。段ボールハウスの中で相棒が死んだとき、大騒ぎになることは目に見えてい

たはずだ。そんな中、扱い慣れない爆弾と残されたんだ。それを使い続けようと思うかね〉

先ほどから感じていた、奇妙な違和感の根元を突かれた気がした。

「じゃあ、何故爆弾を持っていったんだ」

〈可能性を全て考えると、だ〉

店長は何故だか焦った口調でしゃべっている。一つには、先ほど花立が言ったように、脅迫を続けるため。可能性は薄い。二つ目は、捕まった時に備えて、池なり川なりに捨てるつもりで持ち出したという考え。爆弾など実際には作っていなかったことにするのだ。

〈ただ、これは少々動機が弱い。何故なら爆弾を作っていたのは、『爆弾オタク』の方だからな。自分は爆弾には関係していなかったと、突っぱねた方が簡単だ〉

三つ目。

〈さっきテレビ中継で見たような、人で溢れている場所に、爆弾を置いておけなかった場合だ。つまり〉

店長の言葉が一瞬、揺れた。

〈何らかの理由で、時限爆弾のスイッチが入ってしまっている可能性もある〉

言われた瞬間に、花立はこれこそが爆弾紛失の答えだと直感した。

「あのやろう、爆弾をどこへ持っていったんだ？　爆発時間は何時だ？」

〈時間の方は俺たちには分からんよ。『爆弾オタク』が突然死んだとき、爆弾を扱っている最中で、予定外にスイッチが入ったのかもな〉

このまま放っておくと、新宿のど真ん中で爆弾が爆発して、『棺桶屋』は否応なく殺人犯になってしまう。気の小さいあの男は、それが嫌だったのだろう。

〈最初『棺桶屋』は、自分で処理しようとしたはずだ。だが簡単に爆弾を止められたのなら、段ボールハウスに、物が残っていても良さそうなものだな。つまり……〉

時限爆弾はまだ生きていて、爆発してその性能を示す機会を待っているのだ。

「どこだどこだどこだ！　店長、爆弾は今、どこを歩いているんだ？」

思わず声が高くなってしまい、周りのぎょっとした反応を感じて、花立は俯いた。

(まだ爆弾が新宿の街にあるという情報は、流しては駄目だ)

場所も時間も特定できていない状態で新宿中に知れわたったら、パニックが起こりそうだ。

幸い警官の制服を着ていなかったので、変な奴と思われたくらいで、言葉は聞き流されたようすだ。花立は用心のため、早足で現場から離れた。雑踏の中の方が、会話は聞かれにくいだろう。十分に距離を取ってから、大通りの坂を下りながら話し始める。

「それで店長、爆弾は……店長？」

〈……自分で解決できなかったのだから、『棺桶屋』は人を頼るしかない。つまり……一般市民が……〉

何となく聞き取りにくいと思っていたら、不意に通話が切れた。新宿の街中で圏外になるのかと驚いて周りを見たが、普通に携帯電話で話している人が何人もいる。

「もしかして……」

確認すると、こんな大事なときにバッテリー切れを起こしていた。見渡しても、携帯電話が普及したせいか、公衆電話が目に入ってこない。「くそっ!」

先ほどの場所まで戻れば警官に携帯電話を借りることができるが、あの場所で爆弾の話はできないから、随分と時間のロスになってしまう。

(店長は『棺桶屋』が誰を頼ると言いたかったんだろう)

道ばたで必死に考えた。こちらは本職の警官なのだ。素人《しろうと》の推理に頼ってばかりでは、警官としての面目《めんぼく》が立たない。

(一般市民が困った時に頼る場所はどこか?)

ぽんと解答を思いついた。一瞬、笑いの発作を起こしかけた。

(警察だ! そこへ向かったんだ。警察でなら爆弾だって解体できるかもしれんからな)

急いで新宿西口のガード下近くに出て、道を東京医科大学病院方面に進んだ。新宿警察署までは、さほど離れていない。走っているとほどなく、その灰色でがっしりとしたビルが見えてきた。一階正面には、たくさんの警察車両も止まっている。

（だが……待てよ）

急に足が止まる。花立の頭に疑問が湧いていた。

（『棺桶屋』の奴、追われていると承知で、あんな大きな警察のビルに、爆弾を抱えたまま入って行けたのかな？）

花立が見つけたとき、『爆弾オタク』の死体は、死んでから少し時間が経っているみたいだった。あの場所から新宿警察署は、さほど遠くない。相棒の死にどうしようもなくなった『棺桶屋』が、真っ先にここへ駆け込んだのなら、身柄確保の情報くらい、もう花立のところに入っていてもいいはずだ。それとも先ほど電話が通じなくなったから、知らないでいるだけなのだろうか。

歩道の真ん中で突っ立って考え込んでいるので、通行人が何人もぶつかってくる。でも動けなかった。ここで間違えたら、それこそとんでもないところが爆発するのを見る羽目になる。

（あいつ、いったんはここへ来たのかもしれない。でも気が小さい奴だから、怖くなって入れなかったんじゃないか？　でも爆弾が消えたわけじゃない。次に、どうしたか）

時限爆弾を持ち続けているのは、嫌なはずだ。早く誰かに何とかしてほしいだろう。

新宿警察署には行きたくないけど、爆弾は解体したいわけで、つまり……。

「行き先は交番だ！」

花立は回れ右をして、また走り始めた。


新宿警察署から一番近い西口にある交番には、姿を現していなかった。

（チクショウめ。もし本当にあいつが交番へ行ったとしたら、まずいぞ。交番なんかじゃ、爆発物を処理できない！）

この推測が当たってほしいのか、外れた方がいいのか、自分でも分からなかった。ガード下をくぐって、東口に向かう。目に付いた交番の小さな入り口に飛び込んだとき、花立は馴染みの顔を久しぶりに間近で見た。

「『棺桶屋』！　ここだったのか」

四つの目が、一斉に花立を見つめる。交番勤務の若い警官は、突然降ってきた時限爆弾に、対処できなかったのだろう。花立が入ってきたのに、声も出ないようすだ。『棺桶屋』と警官の間にある机の上には、単行本を三冊ほど重ねたくらいの大きさの箱が、ぽつりと置かれていた。

「そいつが時限爆弾か！」

そう言った途端に、『棺桶屋』が大きく喘《あえ》いだ。どうやら昔、取り調べに立ち会った花立の顔を、思い出したらしい。ひときわ厳しかったその態度も、頭に浮かんだのだろう。さっと手が前に伸びると、『棺桶屋』は箱を掴んで交番を飛び出していく。

「おいっ、そんなもの抱えて、どこへ行くつもりだっ」

何を思っているのか、新宿でもとりわけ繁華な通りに、真っ直ぐに突っ込んでいく。

「リミットは何時なんだ？　止まれ！」

死にものぐるいで追いかける。家電量販店の前で追いつきかけたのに、赤信号を無視して突っ込んできた車にいきなり轢かれそうになって、地面にひっくり返った。

「危ねえっ」

花立は怒鳴ると、すぐに起きて走り始める。何とかまた『棺桶屋』の背後まで迫ったとき、今度はいきなりビルにかかっていた垂《た》れ幕が落下してきた。布だ、と思っていたら、支えの大きな棒が、眼前をかすめて歩道に落ちる。跳ねる。花立は思わず悲鳴を上げた。

「な、何なんだ？」

当たっていたら、大怪我だ。つばを飲み込んだ。

(『とっても不幸な幸運』の缶が示した二択の時。もしかしたら、今がそうなのか)

生き残るのは、花立か、『棺桶屋』か。

（馬鹿なっ、妄想だ）

花立は首を振り、余分な考えを振り払うと、また駆け出す。ここで『棺桶屋』を取り逃がすわけにはいかない。

『棺桶屋』は遥か先、伊勢丹デパート前にいた。だが人混みで思うように走れないのか、まだ姿が見える。花立は車道を突っ走って、強引に差を詰めた。

真っ直ぐ進んでいた男は、大通りの信号で足を止められ、咄嗟《とっさ》に左に曲がった。通りが変わって人波が少し途切れた。花立はその機会を逃さず、『棺桶屋』に手を伸ばし、つかむと強引に路上に座らせた。首を折ってやりたかったが、相手は爆弾を抱えている。そっと対応するしかなかった。

「やめてくれ。もう逃げないから、許してくれ。お願いだ、頼むよう」

四十近いにしては妙に甲高い細い声が、しゃがみ込んだ男の口から聞こえた。通行人たちが二人に不審の目を向けてきたが、関わり合うのを恐れるのか、足早に去ってゆく。

「そりゃあ時限爆弾だろう。持ったまま、どこへ行く気だったんだ？」

小声で聞くと、『棺桶屋』は首を振った。

「分からない……ただ、あんたが怖くって」

ふらふらと歩道に両手両膝を突く。何も考えずに爆弾を持ったまま、人混みへ飛び込んだのだ。花立は今さらながらに腹が立ってきたのを必死に抑え、声を殺して聞いた。

「時間はまだ大丈夫なのか？　おまえさんなら『爆弾オタク』から、爆発時刻のことを聞いているだろう？」

「すぐに爆発するかもしれない」

「はあっ？」

『棺桶屋』にあっさりと言われて、花立はその瞬間、硬直してしまった。

「今、すぐに？」

「『爆弾オタク』は、まだこいつを作動させるつもりじゃなかったんだ。今回はプラスティック爆弾を使っているとかで、慎重だった。でも、食中毒にかかったらしくってさ」

ホームレス仲間からもらった食べ物にあたったという。医者に行くのをためらっているうちに、狭い段ボールハウスの中で転げ回るほど苦しみだして、その時に意図せず、スイッチが入ってしまったのだ。

「ちゃんとセットしたわけじゃないから、爆発時刻も曖昧《あいまい》なんだ。午後、陽のあるうちにするとは言っていたが」

「おい、もう五時を過ぎているんだぞ！」

時計を確認して、思わず声が高くなった。『棺桶屋』と時限爆弾を睨みつける。

（どうしたらいい？　今回はプラスティック爆弾だと？　しかも今ここで突然爆発して

もおかしくないときた）
事情を話して警察を呼ぶにしろ、装備を調《ととの》え、爆弾処理班に出てきてもらうにしろ、時間がかかる。おそらくそんな時間は残されていないだろう。一一〇番をしてパトカーを呼んだだけでは、警官の犠牲者を増やすだけになってしまう。
（チクショウ、何でこんなに大勢が、のこのこ新宿を歩いてるんだよ！　どう行動したら、一番犠牲者が少なくて済むんだ？）
こうなったら、『棺桶屋』を殺している暇もない。交通量の多い大通りと、人で溢れる新宿の街並みを見やって、花立は血が滲むほど唇を噛みしめていた。

4

「だからって、何で『酒場』に飛び込んで来るんだ？」

腕組みをした店長が、花立と『棺桶屋』に向かって、落ち着いた声で文句を言った。

「どうして私だけ外に出すのよっ。嫌だってば。明日の朝食は納豆にしちゃうからね。洋介君の大バカ者っ！」

のり子がわめいている声が外から聞こえていたが、ドアが閉まると静かになった。たまたま店に来ていた娘を、店長が真っ先に、健也に連れ出させたのだ。花立が吐き捨てるように言った。

「皆も早いとこ避難してくれ。警察には連絡したが、もう日が暮れるから、処理班の到着を待たずに、俺が爆弾の解体を始める。ぐずぐず居残っている奴に遠慮はしない」

ビル上階の店には通報した。詳しい説明、誘導は抜きだから、全員待避の確認は取れていない。万が一、地下で爆発が起こった場合は、丈夫なビルを造ったという店長の言葉が真実であることを、祈るしかなかった。

少なくともこの『酒場』ならば、小さな子供が爆発に巻き込まれる心配はない。爆弾と『棺桶屋』を連れて立ちすくんでいた新宿の歩道から、伊勢丹デパートが近くに見えたとき、花立は腹を決めたのだ。

まだ暮れていない時刻にもかかわらず、『酒場』にはそこそこ客がいた。今回の事件にかこつけて、賭けをしていた面々だろう。『酒場』の客らは酔っぱらっているのか、性格が妙にぶっ飛んでいるのか、結果を見届けるのだなどと言って、半分以上の者が、店から出て行かなかった。

「本当に死んでも知らんぞ。今回はプラスティック爆弾らしいからな」

これ以上、物好きなオヤジたちの心配をしている暇はなかった。一応最後の警告をしてから、時限爆弾の外側の箱を開ける。中から現れたのは、一回り小さな黒っぽい箱だ。こちらはただの箱というわけではなく、上部に赤、青、黄、黒の四つのスイッチが付いていた。微かな電子音がするが、どこにも時刻表示はない。

その時テーブルの下に隠れるように座り込んでいた『棺桶屋』が細い首をもたげて、震える声を出した。

「それ以上、箱を解体しては駄目だ。中を見ようとした途端、爆発してしまう」

その言葉を聞いた店長が、『棺桶屋』をつまみ出し、爆弾の真正面の椅子に座らせた。両肩を摑み、頭の真上から声を降らせる。

「ずいぶん爆弾に詳しいじゃないか。もっと説明できることがありそうだな。で、どうやったらこいつは止まるんだ？」

「知らない。本当だ。怒らないでくれ」

「吐くんだよ！　ふざけていると、時限爆弾をお前さんにくくりつけるぞ」

『棺桶屋』が顔に涙を浮かべた。野郎のめそめそ泣きなぞ大嫌いな店長の機嫌が、思い切り悪くなる。その物騒な顔を見て、『棺桶屋』が急いでしゃべった。

「四つのスイッチの内、三つはトラップなんだよ。止めるためには正確に停止スイッチを押さなくてはならない。間違えるとその場で爆発する仕掛けだ」

「映画みたいに、色違いのコードが一杯並んでいて、そいつを切るわけじゃないんだな」

「今時爆弾を作るなら、こっちの方が現実的なんだよ。より簡単で危ない」

「へー」

興味津々、『棺桶屋』の周りを取り囲んだ客たちの顔を見ていると、爆発寸前だという気がしない。『酒場』の雰囲気は花立を落ち着かせる。この時ばかりはありがたかった。

「それでどの色が、停止スイッチなんだ?」

「分からないよ。本当だ。これは本当だ! だって……」

『棺桶屋』によると、『爆弾オタク』は時々停止スイッチの色を変えていたらしい。最後に倒れたのが突然だったので、『棺桶屋』は今の設定については、何も聞いていないのだ。花立は深くため息をつく。

「迷惑な死に方しやがって」

「助かる確率は四分の一か。何とも分《ぶ》の悪い賭けだな」

店長が向かいで唇の片端をつり上げ、『棺桶屋』に聞いた。

「『爆弾オタク』が以前、停止スイッチに使った色を知らないか?」

「前回は青、その前は黄色を使ったよ」

それ以上は分からなかった。

「ではたぶん今回は、他の色にしただろうな。だがそれでもまだ、二色残っている」

「赤か黒。恐怖の二択だな」

店長に言われるまでもなく、ここで選び損ねたら、花立は多くの知り合いを殺してしまうことになる。どちらかの色を選ぶのは怖い。だが、迷いすら許されなかった。遅れそのものが、起爆スイッチになってしまう。それくらいなら半分の確率と承知で適当に押した方が良く、花立は行動することを、運命を決めることを強いられた。

「二択……」

花立の頭に浮かんできたのは、『とっても不幸な幸運』の缶が見せた、あの幻影だ。周りにいる客たちも、自分が見た幻を思い浮かべているところだろう。

「止めたのに、あの缶を開けたのはお前さんだろう。そら、さっさと決着をつけないか！」

「うるさいっ。『死神』は『棺桶屋』の方なのに、何で俺が……皆を殺すかもしれないスイッチを、押さなきゃならないんだ」

「なるほど。そりゃそーだな」

そう言うと店長は、いきなり『棺桶屋』の腕を摑む。無理矢理、花立の方へ差し出した。

「『棺桶屋』が、今回の騒ぎの元だ。ならば爆弾のスイッチを入れるのは、こいつの役目だな」

店長はにたりと笑っている。無茶苦茶だが、一方で筋が通っていた。『棺桶屋』は今日初めて、人の生死に直接関わるわけだ。これで皆が死ねば、もう自分には関わりがないでは済まない。まあ反省する前に、死んでいるかもしれないが。

「何するんだ、止めてくれ、俺は怖い。スイッチは押さないぞ！　嫌だ。止めてくれっ、あんた警官だろうがっ」

わめき声を聞いた途端、花立は怖い顔で、店長が押さえていた『棺桶屋』の腕を左手で摑んだ。右手で手のひらを無理矢理スイッチの上に誘う。

「両方のボタンを押したりするなよ。お前も確実に死んじまうぞ」

『棺桶屋』の口から、言葉にならない声が漏れる。彼を庇う者は、店にはいなかった。手が爆弾に押しつけられる。『棺桶屋』の唇が細かく震えている。顔が引きつっていた。

「やめろってばーっ！」

押せないようにと考えてか、『棺桶屋』が必死に手の指を丸める。その時カチリと、あまりにも小さな音がした。

赤いスイッチが押されていた。

不意に目の前が真っ黒に染まる。何かがぶつかる、大きな音がした。

（俺は賭けに負けたのか）

周り中、全てが真っ黒だった。『酒場』に爆弾を持ってきたせいで、何人巻き込んでしまったのだろう。これでは『棺桶屋』を責められたものではない。自分の方が、遥かに恐ろしいことをしでかしてしまった！

（俺は……俺は）

長年つきあってきた友人たちを殺したのだろうか。もっと大きな被害が出たかもしれない。息が苦しい。

もう駄目だ！

突然、目の前に火花が散った。大きく体が傾いて、尻餅をつく。後頭部がテーブルにぶつかって、鋭い痛みが走った。

（えっ……テーブルがあるのか？）

振り返って目を凝らすと、黒い色が薄れていき……周りが明るくなった。頑丈なアンティーク家具が目に入る。顎《あご》の辺りが酷《ひど》く痛い。何やら身に覚えのある痛みだった。横を見上げると、店長が仁王立ちでこちらを見下ろしていた。

「おやぁ、正気に戻ったか？」

「爆弾は……爆発しなかったのか！」

「運が強いねえ」

「花立、よくやった」

店内から、ぱらぱらと拍手が起こった。にやにやしている店長の説明を聞くと、どうやら『棺桶屋』は、無事停止スイッチを押したらしい。しかし緊張のあまりか、『棺桶屋』は大きな音を立てて、テーブルにぶつかりながら床にひっくり返ってしまった。花立は硬直してしまい、スイッチの横で立ったまま、呼んでもしばらく返事をしなかったという。

「俺は……またあの、『とっても不幸な幸運』の幻影に包まれていたんだ」

周り中真っ黒で、てっきり爆弾が爆発したものと思っていたと言うと、客たちが小さく笑いだした。

「怖いねえ。まったくあの缶は、開けるものじゃない」

「それにしても、何でこんなに顎が痛いんだ？　床に倒れたのかな」

花立は近くにいたマジシャンに聞いてみた。だが、訳を知っているようすなのに、目を逸らしてしまう。すると店長が笑いながら、自分が今、一発殴ったのだと白状した。

「正気に戻らせるためか？　ずいぶん手荒いやり方だな」

顎は疼いて、もの凄いパンチを食らったと主張している。

「なに、半分は店に爆弾なんか持ち込んできたことへの意趣返しだ。思い切り殴らせてもらった」

しゃあしゃあとした言いようにむっとしたが、巻き添えにして死なせかけた相手に、文句も言えない。店長はまず手を貸して花立を立たせると、テーブルの下で転がっている『棺桶屋』を指さした。

「なあ花立、改めて今からこいつを殺す気にはなれんだろう?」

「……ああ」

もう、生きるの死ぬのの騒ぎは、たくさんだった。危うく己の手で、店にいた多くの人を殺してしまうところだったのだ。吐き気がする。

電話を借りて、爆弾が処理できたと警察に連絡を入れる。ほどなく警官が来て、爆発物と『棺桶屋』を引き取ってくれることとなった。ほっと息が漏れる。

『棺桶屋』の今回の罪は、今までの微罪より、だいぶ重いはずだ。後は少しでも長く刑務所にいてくれることを祈るのみだ。店長が『棺桶屋』をうんざりした表情で見ている。

「こいつも今日の騒ぎには懲りただろうよ。まさか自分が、生きるか死ぬかの選択を強いられるとは、思わなかったろうさ。気の小さい男のようだから、もう犯罪はこりごりだと思うかもしれない」

「そう、うまくいくかね」

店長の言葉は、いささか希望的観測だと思う。その時『棺桶屋』が気がついて、うるさい声でわめき始めたので、花立が一発殴ったら、また伸びてしまった。警官らしからぬこの行為のおかげで、少しばかりすっとした。

じきに大勢の同僚が、『酒場』に姿を現した。『棺桶屋』は気を失ったまま、警察に連れて行かれた。事後処理や、店での事情聴取は花立の仕事ではない。一人になりたくて、何となくまだふらふらとしながら、店を出た。地上に上がったところで立ち止まる。酷い疲労感と共に、新宿の奇妙に白っぽい空を眺めていた。

（終わった……のか）

（終わったんだ）

しばらく、ぼーっと立ちすくんでいた。駅に向かって歩き始めたとき、まだ一つ疑問が残っていたことを思い出した。

忙しかったので、『酒場』に行ったのは事件から三日後になった。今日もけっこう混んでいる。ウェイターの健也が、いつもの酒を運んできたのを捕まえ、さっそく質問した。

「なあ、『棺桶屋』は捕まったし、俺はまだ生きている。賭けは誰かの総取りだったんだろう？　勝ったのは誰なんだ？」

『酒場』での賭けなら、なかなかな金額がかかっていたはずだ。

「賭けに勝ったのは、店長なんだけど……」

言われてやはりと思った。そこに、妙にくたびれたようすの店長が、香りの良い料理と共に現れた。テーブルにコリアンダー入りの生春巻きが置かれる。

「花立、金はもうないぞ。今回は皆へのおごりはなしだ」

「何に遣ったんだ?」

「のり子があの日、先に店を出されたことに、癇癪《かんしゃく》を起こしてな」

土曜日、のり子が用意した食事で、店長の嫌いな納豆が出された。白旗を揚げた店長は、日曜日、大の苦手である早起きをして渋谷に向かい、娘がブランドの洋服を買いまくるのにつきあったのだ。

「賭け金は消えたんだ」

「なんと、結局総取りしたのは、のり子ちゃんか」

「店長は勝負には勝ったが、賭けの勝者にはなれなかったな」

客たちの笑い声が『酒場』の中に響く。こんな結末は予想外で、花立も笑い出してしまった。涙まで出てくる。

(世の中、思いもしないことが起こるもんだ)

なんということだろう、三日前まで殺人犯になることを覚悟していた男が、こうして夜の『酒場』で笑っているのだ。警官面《づら》のまま!

笑いも涙も止まらなかった。

「店長、白状すると、だ」

「あん？」

「分かったようなことを言ったが、俺には『棺桶屋』が『死神』だという確信は、なかったんだ。だって軽犯罪が関係者の死を呼ぶなんてこと、証明できっこないよな。今でもあれは偶然だったのかと、思い悩んでいる」

「まあな」

「だが本心としちゃ、『棺桶屋』が『死神』かどうかなんて、どうでも良かったんだ。ただ、甥っ子の敵を取りたかった。きっと……それだけだった」

運命の悪戯《いたずら》で、たまたま人を殺さなかったが、その可能性はあった。つまり。

「こんな考えをもつなんて、俺は警官には向いていないのかもしれん」

その時店長が、ぽんと花立の背中を叩いた。

「やらなかったことの反省をしたいなんて、花立、お前さん意外と、とぼけた奴なんだな」

こんなことをしたかもしれないと、いちいち神様に謝っていたら、日が暮れてしまうと店長が笑う。それから別の注文を取りに、静かに席を離れた。酒が注文される。笑い声が聞こえる。いつもの『酒場』が、花立をゆっくりと包んでいる。

座りながら、ほっとしていた……。

今日からは、何年も頭の中心に居座り続けていた『棺桶屋』の事件を、ちゃんと真正面から考えられる気がする。『棺桶屋』を犯罪者としてまともに憎むことができるだろう。こちらが狂うことなしに。

アンティークの椅子の上で、花立はまた涙が滲んできた目を、こそこそと拭っていた。

第五話

天野はマジックを見せる

1

新宿にある『酒場』という名前の酒場は、今日も排他的で、とても賑わっていた。

「こんなに愛想のない店が、こうも繁盛しているのは、経済原則に反する！」

薄暗い店内で、お役所的統計から外れる原因となっている客たちは、己も来店している事実を棚上げにしたまま、言いたい放題だ。だが髪を二色に染めたウェイターの健也も、背の高い店長も、気にするようすもなく店内のアンティーク調度の間をすり抜け、手早く仕事をこなしている。

「もっと客の声を気に掛けるところがあると、店長にも可愛げが出てくるんだがな」

常連の一人、花立がにたりと笑う。その言葉には返事もせず、店長が花立のいるテーブルに、どんと料理の皿を置いた。こんもりとしたクリーム色の山に、温野菜が添えられている。

「変わったタイプのポテトサラダか？」

「チーズシチューという。熱いマッシュポテトに、おろしたゴーダチーズを混ぜ込んだものだ」

初登場の料理の出現に、周りのテーブルから、小皿を手にした客たちが集まってくる。チーズシチューの横に、健也が、山葵《わさび》ソースがけ和牛サイコロステーキとガーリックトーストを置いた。さらに何人かの常連が、新たに料理を注文するのも面倒とばかり、酒を手にテーブルを引っ越してきた。

『酒場』は常連客ばかりの店なので、こういうことが時々起こった。普通の無礼講《ぶれいこう》ではない。勝手知ったる店、家族も同然の仲間だということを、行動で示したいという甘えの表れだと、店長は主張している。

ところがその時、集まってきた皆の動きがぴたりと止まった。

花立のテーブルに座り込んでいた常連客の天野、通称マジシャンが、いつの間にやら、その手に小さな缶を持っていたのだ。

「なあマジシャン、それ、どう見ても『とっても不幸な幸運』の缶に見えるんだが」

「目がいいな、花立さん。確かにそうだ。缶の脇に、こんなに大きな字で、はっきりと書いてあるからな」

「……お前は度胸がいいんだな。そんなもの持ってきて。店長が後ろから、もの凄い目で睨んでいるぞ」

そう言われて、マジシャン天野はひょいと振り返り「うへえっ」と言うと、力なく笑っている。店内の雰囲気が、ぴりぴりとしたものに変わってきていた。

何しろ『とっても不幸な幸運』の缶は、いわくと伝説を、インスタントかつ火急に構築中の不可思議な代物だ。事件を呼んでしまうのか、こちらが事を起こすことになるのか、蓋を開ければ、横面《つら》を張られる思いをする羽目になる。

いつぞやはこの缶のせいで、『酒場』が吹き飛ぶかも、という事態になってしまった。あの日以来、店への持ち込み禁止品目筆頭に確定している。なのに、今確かにここにあるのだ。

「実はさあ、二日前にこれを受け取ったんだ」

マジシャンが懐《ふところ》から取り出したのは、一通の封書だ。店長が手を伸ばして取り、差出人を見ると、〇〇大学同窓会実行委員会となっている。

「俺はその手紙が怖いんだ」

「おいおい、在学中、何かしたのか？」

花立のからかうような口調にも、マジシャンは硬い表情を崩さない。渡した手紙を見もせず、これから命を賭けた水中脱出マジックでも行なうかのような雰囲気だ。

「手紙を受け取った途端、俺は『とっても不幸な幸運』の缶を売っているところに、三回も行き合ってね。これは缶を買う運命なのだと確信したんだ」

きっと缶に呼ばれているのだ。いや、手紙を受け取った者は、缶を開ける運命なのかもしれない。タネの見えないトリックの中にはまり込んだ感じがして、降参したのだという。

「その手紙、とんでもないものなのか？」

「中身は知れている。同窓会への誘いと、出欠を問う返信用葉書が入っているのさ。それだけだ。でも俺にはたまらない代物だ」

そう言うとマジシャンは『とっても不幸な幸運』の缶の、青いゴムの蓋に手をかけた。

「おいおい、天野、ここで缶を開けるつもりか？ おい、放っておいていいのか、店長？」

花立の問いに店長が、オオカミを無理に微笑ませたような表情を浮かべた。

「どっちみち、もう天野をぶん殴りたい気分になっている。今のうちにやりたいことぐらい、やればいいさ」

内側にある金属のプルトップが、かちりと鳴る。一気に蓋が取り去られた。

ほの暗い照明の中に現れたのは、白い霧のようなものだった。

最初、缶から出てきたのは白い霧で、今まで見た中では、もっともまともなものに思えた。

単なる霧なら、空気と反応する何かを中に入れておけば、出すのは比較的簡単だろう。

しかし。例によって、そんなことで終わってはくれなかった。

「ひえっ……くぅっ……」

霧を見ていたマジシャンが、顔を蒼くし、喉を絞められた鶏の真似を始めた。何かが霧の中に現れてきている。今回は何故だか、皆で同じものを見ているようだ。

「こりゃぁ……いい女じゃないか」

薄い霧の中にいるのは、小顔で目鼻立ちのはっきりとした女だった。二十歳過ぎぐらいだろうか。真っ直ぐな長い黒い髪に、白い肌。触れられるかもしれないと思うほど生々しい。等身大で、少し先に立っているように見えた。女は赤い唇で笑うと、からみつくような調子で、マジシャンにささやく。

「私よ……」

途端！マジシャンが椅子から飛び上がった。口元を押さえると、店内をもの凄い勢いで横切ってトイレに消えた。

女の方はその一言を残しただけで、あっという間にまた霧に戻っていく。まことにおとなしい展開で、テーブルに残ったのは、ただの空き缶だけになった。それっきり、もう何も起こらない。缶が見せる不思議はこれで終わりのようすで、犠牲者が一人きりだ

219　第五話　天野はマジックを見せる

と確認すると、店長はご機嫌になった。

「いつも、こうあっさりと終わるのなら、この缶も面白いんだがね」

「本当に、美人を見ただけで終わったのか？　こんなに無害でけりがついたことなんか、なかったじゃないか」

もっとも、被害がなかったと思うのは花立の間違いで、女に夢中になっている間に、テーブルに置かれた新作料理の皿が、空《から》になっていた。

花立は（しまった）という顔をしたが、客の間抜けな行動に対して、店長は容赦がない。絶対すぐにお代わりを作ってくれようとはしないはずで、そういうところが、『酒場』が経済原則から斜めに外れていると言われる所以《ゆえん》だ。

「なあ、今の女が誰か、マジシャンが何でトイレに駆け込んだか、賭けないか？　賭けに勝った奴は、いつものように料理や酒を皆におごるだろうし、そうすれば新しいチーズシチューの一皿も出てくるぞ」

花立の座る椅子に手を掛けて、にやにや笑いながらこう言い出したのは、飯田医師だ。妻を亡くしたあと、一時体調を崩していたが、最近元気を取り戻したらしく、この男にしては珍しく躁《そう》状態だった。

「どう賭けるんだよ。同窓会と関係のある女だ。同じ大学の元学生だろう。マジシャンはあの娘《こ》に惚れたものの、振られたんだ。そんなところだろうが」

花立は自信満々に話したが、客からは反論が湧いた。

「あの幻の女と、大学時代に出会ったというのは賛成だが……後の考えはどうかな」

「そうだねえ……」

異論を聞くと、飯田はひょいとカウンター脇の壁に掛かっていた帽子を取り外し、テーブルに置いた。しゃれた中折れ帽は、いつも使われている、賭け金の放り込み先だ。何故だか店長のものではない。サイズが違うのだ。

『酒場』の賭けは単純なものだった。客たちは好みの意見を言った者と、自分の名を並べて紙に書く。それを紙幣に添え、帽子に入れるのだ。当たった者たちには、出した金の額に比例して、帽子の中の金が分配される。

飯田が万札に己の名を書いた紙を添えて、輪ゴムでくくった。意見を言うつもりらしく、思案顔だ。

「袖にされた相手だからって、あんな反応をするもんかね。皆だって、振った振られたくらい、何遍も経験してきただろう？　昔の片思いの女を目にした途端、吐いたりするか？」

「そうだよね。それにマジックショーで成功しているだけあって、マジシャンはいい男だし、明るいし、もてるんだ。一回くらい振られても、気持ちを引きずらないと思うけど……」

健也が横から口を出して、首を傾げている。マジシャンが女性の話をすることはよくあったが、いつも楽しそうだった。

「今の女性は大学の同級生で、さっきの幻影は、仲のいい友人だった頃の思い出じゃないかな。好きだったけど、結局マジシャンは告白できなかった。そのことを思い出したくなかったとか」

この健也の思いつきに賛同する客は、少なかった。二人ばかり金を帽子に放り込んだが、飯田はそっぽを向いている。

「ガキの意見だ。金を賭ける気にはなれんな」

「じゃあ、飯田さんの思うところは何なのさ」

「マジシャンは、あの女との間に子供でもできてたんじゃないかね。でもお互い、まだ大学生だ。無理言って中絶させたものの、しこりが残って恨まれ、女が去った。子供を始末したんだ。思い出したくない記憶だろう。気分が悪くなるかもな」

さらりと述べられた。だが飯田は総合病院の医師だけに妙に生々しく、賛成して飯田に賭ける者が多く出た。花立の名を書いた紙を札に添えた者も、ずいぶんといた。他の意見が出なくなった中、ただ一人、今までに出た話を頭から受け入れない者がいた。

店長だ。

「皆の意見は分からんこともない。だが俺にはマジシャンが、さっきの幻の女と恋人同士だったとは、思えないんだけどな」

「そりゃまた、どうして」

客の問いに、柱にもたれ掛かっていた店長が、自分勝手なことを言いだした。

「およそ、つきあいたいと思う女じゃないからな」

「えーっ、可愛かったじゃない」

これは意外だと声を上げた健也の額を、店長がぽんと、指先ではじいた。

「ほんとガキだな。いいか健也、この先あんなのに引っかかるんじゃないぞ！」

「何するんだっ。綺麗だと悪いのかよ」

「器量の問題じゃないんだよ。あの女……」

店長の目が、さっと細められる。

「男の運を喰らいつくしそうだ」

「なっ……」

お前なんぞ、あっという間に喰われてしまうぞと脅かされて、健也はうまく反論できずにふてくされる。分厚い年季の甲羅《こうら》を背負ったオヤジばかりの中で、大学生に恋愛談義での勝利は無理なようであった。

「きっとマジシャンは、あの女に酷《ひど》い目に遭わされたんだな」

だが店長の、勘を頼りのこの意見に、賭けようとする者はいないようすだ。

店長自身が己の考えに頷きつつ、ただ一枚、名を添えた札を帽子に押し込む。

「さて、賭け金もだいぶ集まったようだ。ご本人に、思い出話をしてもらおうか」

飯田は気軽にそう言ったが、女の顔を見ただけで吐く者が、しみじみと昔語りをしてくれるとも思えない。

「おい、どうするんだぁ？　マジシャンが白状しないと、賭け金の分配ができないぞ」

振り向いて花立が店長に問う。すると店長が、にたりと人の悪そうな……ごくごく悪そうな笑みを浮かべた。

「健也、この間のり子が置いていったシールがあったろう。なるべく地味で無地に近いのを二枚選んでくれないか」

店長の一人娘、のり子の趣味は百円ショップ通いだ。そのせいか最近、『酒場』のレジ周りには、何とも可愛い百円均一の文具が転がっていたりする。

店長は空の缶に、青いゴムの蓋を付け直すと、シールで封をした。不思議なほどしっくりと落ち着いて、新しい品に見えた。

「これでよし。ゴムの蓋を開けて、新品かどうか、確認したりはしないだろう」

「店長、新しい『とっても不幸な幸運』の缶があると見せかけて、何するの？」

「知れたことだ、健也。これをマジシャンに見せて、素直に話をしないと開けるぞ、と迫るのさ。もう一度さっきの女とご対面は嫌だろう。しゃべるさ」

「うへえっ」

おやおやという顔は浮かべても、誰も店長の暴走を止めようとはしない。

「『酒場』の常連であるということは、全くもって大変なことだよなぁ」

花立が他人事《ひとごと》のようにつぶやいている間に、当のマジシャンが蒼い顔で、トイレから戻ってきたのだった。

2

ほんの数分間店から消えていただけで、どうしてこういう話になってしまうのだろう。俺は精一杯怒りを込めて店長を睨みつけた。だが、嬉しそうな顔の店長に、缶を目の前に置かれ、却ってこちらが飛び上がってしまった。

缶を開けても話をしても、どちらにせよ吐き気がぶり返す気がする。しかもテーブルに現れた帽子が金で一杯だということは……店にいる連中は、俺をネタに賭けをしているのだ！　決着をつけないまま、皆が引き下がるとも思えない。絶対に無理だ。

「仕方がない。正直に全部話すけどね」

でも、と断りを入れた。

「マジシャンだから、大げさに誇張しているとか、勝手に話を作ったんだろうとか、うっとうしいことは言わないように。信じないのなら、最初から無理にしゃべらせないことだ」

ちょっぴり期待したが、じゃあ話を止めろとは、誰も言ってくれなかった。仕方なく、俺は頭の中を、学生時代に無理矢理引き戻していった。

俺の通った大学はマンモス校で、大抵の学生は大学に何人学生がいるのかすら、分かっていないところだ。そんな中で何故だか俺は、姫乃《ひめの》と知り合いになったんだ。

出会いのきっかけは、クラブ活動だった。

『廊下鳶《ろうかとんび》』

俺たちの集まりはそう命名され、趣味人の会だと大学には届けられていた。特定の活動に突っ走るクラブではなく、個々にやりたいことが見つかると、部員の中から参加者を募って行なった。

『自称〝将来の大物〟の集まりであり、親睦会。まだ何者でもないけれど』

そう主張していたんだ。

『私を見て！　凡人とは何か違うって言って！　私にうっとりして！』

要するに、そういう自己顕示欲の塊が、服を着て学生証を持ち、ぼろくてスタイリッシュな部室に集まってたんだな。

部室は広い大学構内の、池の端にある、大正館と呼ばれる建物の中にあった。そこが本当に大正期からあったものかは、定かではない。古くて暖房は効かず冷房はなく、床はきしみ、幽霊も亡霊も大廉売《だいれんばい》状態だという噂の場所だった。

だが天井が高く洋館のような造りで、その雰囲気ゆえにか、未だに多くのクラブや同好会の活動に使用されている。部屋にはクラシックな柱や壁があり、奇妙にでこぼこしていたが、板間で広い。中央にでんと、大きな楕円のテーブルが鎮座していて、いつもそれを取り囲むように、椅子を確保した学生たちが座っていた。

「さてお立ち会い、今日のマジックは綺麗なもんだ。手から黄色い花が出る。ほら、ほらほら、どうだい？」

俺はクラブで部員を観客に見立て、よく趣味のマジックを披露していた。道具を置く場所に困らないので、新作のマジックを色々試していたんだ。手が器用なのは生まれつきらしく、そこそこ受けていた。

今日の出し物は副部長を始め、女性陣が喜んでくれた。そういうときは決まって、男どもの反応が悪い。案の定、陳腐だと評された。

「よく見ろ、俺は半袖だ。花をどこから取り出しているんだ？　平凡だと言うなら、タネをばらしてくれても構わないよ」

その言葉と共に、俺は出した花をさっと大きくまとめ、ちょうど部室に入ってきた、ひときわ綺麗な女の子に差し出した。三輪川《みわかわ》姫乃といって、クラブで一番美人で、ミス大学──校内でも一番華やかな女の子だ。ひょっとしたら、ミス大学全国コンクールでも一番になれるかもしれない。

そして信じられないことに、俺の彼女であった。

「気障《きざ》な奴だなぁ、天野は。こうやって姫乃の判断を誤らせたな」

「全くもって、おふざけが過ぎるよ、姫ちゃん。未だに就職すら決まっていない、天野悠平《ゆうへい》ごときとつきあうなんて」

意見はそれぞれだが、俺では姫乃と釣り合わないというのが、部員大概の感想だった。ちょいとばかり面白くない。

「んふふ」

姫乃が花の山を手に嫣然《えんぜん》と微笑《ほほえ》んだので、男どもの顔がゆるむ。それを見た女たちが、姿勢をぴしりと正した。

姫乃は、同性とは相性が良くない。彼女が頭抜《ずぬ》けているのは顔立ちだけではないからだ。成績も良いし、父親は弁護士事務所を開いていて、いわゆる良いところのお嬢様なのだ。一人娘だから、結婚する男は逆玉の輿に乗れるわけで、益々もてる。そんな立場なのに、姫乃は同性とのつきあいに気を遣わない。女友達ができないはずだ。

（しかし、男にはすごーくもてるんだ。なのに、いったい姫乃は俺のどこが良くて、つきあっているんだろうね）

花を贈っておいて、その言いぐさもなんだが、それが俺の正直な感想だった。

もっとも冷静に考えてみれば、この交際に先があるとも思えない。日々、卒業が話題に上る季節になってきたからだ。

クラブでも最近は、卒業に必要な単位や、就職先の話が多い。四年生は既に大抵、進路を決めていた。姫乃は父親の事務所に入る予定らしい。俺ときたら未だに就職活動すらしていなかった。

そういうわけで、何かの拍子に今日もまた、いつもの話題が始まった。

「ところで天野。お前いい加減、就職先決めないと、やばいんでないの？」

己が就職を決めると、余裕で人のことにくちばしを突っ込んでくる奴がいる。内定者ばかりとなってゆく中で、未定の俺は、クラブ内で格好の餌食《えじき》になっていた。

（おい、またかよ）

話の展開が想像できて、俺はいささか――かなり、うんざりしていた。昨日も一昨日も、そのまた前も、話す人は入れ替わるが話題は同じだったので、話の先が分かってしまうのだ。

要するに仕事を決めた者の、優越と微かな不安、それにある程度将来が見えてしまった諦めがごった煮になって、俺への説教に化けているのだ。体《てい》の良いストレス発散だった。

ずっと拝聴していると、こちらの目つきが悪くなって、胃痛になるという効用がある。そろそろ心優しい友人らの、うっとうしき苦言を止めてほしいと思った俺は、楕円テーブルを前にして、我ながらとんでもないことを言い出した。

「俺は卒業したら、アメリカにマジックの修業に行くつもりなんだ。いずれプロのマジシャンになって、ラスベガスでショーをしたいんでね」

思った通り、部員たちの口はいっぺんに閉じられた。頭のねじがゆるんだか、将来を捨てる決心をしたと思ったに違いない。

ところが俺ときたら、そう言った途端、ある自覚が訪れ、自分でもびっくりしていた。今日初めてしゃべったことが、紛れもない己の夢、将来の希望なのだと、驚きと共に発見していたんだ。

「……そうさ、世界的有名人、マジシャン天野になるんだよ。いずれショーのDVDを出し、ハリウッド映画からも特別出演のお声が掛かるのさ」

「うわあ、ピカピカの未来ね！　天野に会うことも、簡単にはできなくなったりして」

クラブの副部長、希菜《きな》が笑ってそう口にした。

「大丈夫、同窓のよしみだ。サインくらいしてやるから」

にやりと笑いを返すと、部屋にいた皆が、さらに目を丸くする。

夢だ！　ほら話だ！　成功するわけがない。全くもって生存本能に反している！　皆の表情が、雄弁にそう語っている。

（そうだよなぁ。何が悲しくて大学を出てまで、不安定で不確かな将来を選択しなくちゃいけないんだ？　ローンが組めなくなるぞ。家が持てないぞ！）

だが俺自身は、思いがけないほど嬉しい気持ちになっていた。

明らかに公務員より悲惨な将来が待っているのに、腹の底から湧く嬉しさがあったのだ。驚いた。感動もしていた。大学も卒業間近になって、俺はやっと、将来なりたいものを見つけたのだ。

その時。不意に首筋が、ざわりとする。

目を横に向けると、姫乃が半眼になってこちらを睨んでいた。明らかに機嫌が悪い。俺の将来が弁護士ではなく、公務員でもなく、いわんや定職にすらつかない気でいることを知って、全身からウニの棘のように不機嫌な感情を発散していた。

（こりゃ、そろそろ振られて、交際も終わりかな）

覚悟を決めるしかなかった。

そして思った通り、後日、姫乃に大学近くの喫茶店『迷論《メイロン》』に呼び出された。コーヒーの値段が高いので、チェーン店に押された結果、店は広く客は少なく、深刻な話がしやすい場所だ。

彼女から聞かされたのは、確かにとんでもない内容だった。

3

「朝は五時に起床？　三年後までに司法試験に合格？　それまでは姫乃のお父さんの事務所でバイト？　生活費が足らないだろうから、実家から送金してもらうこと？　趣味のマジックは、試験合格まで厳禁？」

？が、頭の周りでソシアルダンスを踊っている気分だった。てっきり涙まじりの離別の言葉が降ってくると踏んでいたので、このパターンに備えていなかったのがまずかった。対応する言葉が、うまく出てこない。

「姫乃……本気か？」

「天野君、この間びっくりするようなジョークを言ってたでしょう。あれで分かったの。私が動かなきゃ、天野君は卒業するまで就職しないままだって」

「まあ、確かにそうかもしれないが……」

「お父さんを、協力してくれるよう説き伏せるの、大変だったんだからね」

軽く睨むように、こちらを見る。柔らかな栗色の巻き毛が額にかかり、ちょっとコケティッシュで綺麗だ。でも目眩が起こったのは、彼女の美貌のせいではない。

「あのさぁ、俺は法学部の学生じゃない。分かっているよね」

「仕方がないわよね。大学を受験したとき、まだ私と知り合っていなかったんだし」

キリマンジャロに口をつけながら、姫乃は当然のように言った。

(俺は高校の時、こいつと知り合っていたら、法学部に行ったのか?)

いや、それよりも。

(人を裁きたいと思ったことはないよなぁ。悪を正すのは、スーパーマンと警察に任せればいいと思ってる。ましてや人を殺しておいて、私はこんなに可哀そうな生い立ちなんです、なんてトンチンカンなことを言う奴を、必死に庇《かば》う気にはなれないんだな)

大いに偏見に満ちた意見だとは思うが、適性のない証拠だろう。

「姫乃、俺には無理な話だよ。分かっていそうなもんじゃないか」

「だってパパは、私の相手には絶対弁護士がいいって。今時、跡取りが男である必要はないんだから、私が事務所を継ぐって言ってるのに」

ややむくれた顔で言う。

「本当なら法学部の学生じゃなきゃ駄目だっていうのを、やっと親に妥協させたのよ。感謝してよね。本当に天野君とつきあっていると大変だわ」

奇妙に話が嚙み合っていない気がした。だいたい姫乃の言い方では、まるで……既に俺たちが婚約でもしているみたいじゃないか。これは将来の旦那に対する要望だ。

腰が引けるのを感じた。たとえ美女付き逆玉の輿が目の前にあっても、引き替えにできないことがあったのだ。自分でも驚きだった。

「俺は……仕事としてマジックがしたいと、やっと気がついたところなんだ。だからアメリカに行くつもりだ。本気なんだよ」

「いやあね。そんなことしたら、私たち、一緒にいられないじゃない」

だから、その話はこれで終わり。姫乃はきっぱりとそう断言した。

(妥協して話し合う余地は、ないんだろうな)

結構長くつきあっている。姫乃のそんな性格はよく分かっていた。それで俺も、喫茶店『迷論』で彼女と会ってから、まだ十五分しか経っていないにもかかわらず、決断したんだ。

「なあ、姫乃。俺たちには一緒に進める先がない。この辺で……今日で、この場で別れよう。その方がいい」

姫乃が大きな目を、俺の方に向けた。首を傾げている。

「それはいつものジョーク？　それとも司法試験を受けたくないっていう、抵抗なの？」

「姫乃なら、すぐにも一流の弁護士とつきあうことができるさ。よりどりみどりだ。俺は……アメリカに行く！」

断固として宣言した途端、肩の力がすーっと抜けていくのを感じた。

（言えた！）

ほっとしている自分にびっくりした。

ところが。姫乃の顔が、みるみる赤くなっていった。そのようすに気圧され黙っていると、姫乃はいきなり立ち上がり、人の頭の上から思いもしない言葉を浴びせてきた。

「そんなふうに言うのは、別の女のせいね。その人、真っ直ぐな黒髪なんでしょ。そうでしょ！」

「はあ？　何言ってるんだ。俺は二股なんか、かけてないぞ」

姫乃とつきあっていて、別口にまで手を出す気力のある男がいるだろうか。きっぱりと否定したのに、彼女は納得しない。

「クラブで噂を聞いたのよ。天野君には、こっそりつきあってる子がいる。だからアメリカへ行くなんて言って、私と別れる気なんだって。私、そんな女には負けないんだから！」

姫乃が急に、俺の彼女であることを主張し始めたのは、どうやらこの噂のせいらしい。

何でこんな話が出てくるのか、わけが分からなかった。さらに否定しても、彼女は納得しない。三十分経ったとき、俺はこれ以上話しても無駄だと悟って、姫乃に頭を下げ、喫茶店を逃げ出した。
翌日から、毎日が変わってしまった。

まず大学で、くつろげる居場所がなくなった。俺が姫乃に鬼畜のごとき振る舞いをしたという話が広がって、『廊下鳶』クラブに居づらくなったのだ。

部室の隅で一人ため息をついていると、副部長の希菜に、ぴしりと言われた。

「天野君、女よりもお金よりも、夢を取るって格好つけた男が、これしきの騒ぎで、何暗い顔してんのよ。嫌なら姫乃のために、アメリカ行きを止めれば？」

「……きついなぁ」

男と女が別れるのには、大変な気力、体力がいるらしい。もしこれが離婚だったなら、生気を吸い尽くされるだろう。将来結婚する気になるかなと、情けない思いにかられつつ、俺はコンビニでビールを買って、早々にアパートへ帰った。

ところが一杯やって、さっさと寝るわけにはいかなかった。とんでもない電話が掛かってきたのだ。なんと田舎の両親からだった。

「悠平、聞いたぞ。お前、自暴自棄になっているんだって？　何があったんだ」

いきなり親父から、悲愴感に満ちた声でがなられて、面食らった。だがすぐに俺の心臓は、一拍鼓動を飛ばして打った。親父は俺が、マジシャンになると宣言したことを、知っていたのだ。

「誰から聞いたのさ。いや、その、ちゃんと自分の口から言うつもりだったのに」

「坂田《さかた》教授が、わざわざお電話を下さった」

まずいことに、親父は俺が通う大学の卒業生、先輩なのだ。進学の折、俺に今の大学を薦めたのは親父で、同窓生である教授とも親しかった。しかし何でかくも早く、坂田教授に今回の話が伝わったのだろう。

「悠平を大学へやったのは、卒業後、フリーターにするためじゃないぞ。私の稼ぎからすれば、お前に出してやった授業料は、決して安いものじゃなかった。分かっているのか？」

「……それは、その、だから、えっと……」

親にかけた経済的負担のことは、承知していた。それでも馬鹿をしたくなったとき、いったいどうすればいいのだろう。

間違いなく罵倒されると分かった上で、マジシャンになりたいと正直に話した。予想の三倍くらい怒鳴られ、わめかれた。あまりに興奮したせいだろう、親父はまだ小言を口にしている最中に、がちゃりと思い切り電話を切ってしまった。

（そのうち、また文句の続きを言うために、掛けてくるな）

アパートの部屋に座り込んだまま、俺は地球内部にめり込むかと思うほど、気を落ち込ませていた。クラブの部室で一言、マジシャンになりたいと言っただけで、いつの間にやら騒ぎを起こし、大きな心配を周囲にばら撒いてしまったらしい。

坂田教授の研究テーマの一つに、『カオス理論』というものがある。その理論によると、中国での蝶の羽ばたきが、テキサスで竜巻を引き起こす可能性があるという。実際に俺がアメリカへ行ったら、蝶の羽ばたきどころの騒ぎではなく、その余波で地球が滅亡するかもしれない。

だが一方、この父親からの電話で、俺は腹を決めるしかなくなった。親からの送金が止まる可能性が出てきたからだ。マジシャンへの夢を諦めるのなら、さっさとそう公言した方がいい。今ならまだやり直せる。就職をする。結婚を考える。まともな将来を手に入れるのだ。

そして馬鹿を承知で突っ走る気なら……一刻の猶予もなかった。金欠と説得とで身動きが取れなくなる前に、行動してしまわなければならない。

どちらの道を取るか……。

よほど親不孝に生まれついたとみえる。ほとんど迷いもしなかった。俺は卒業と渡米の準備に、頭の中を切り替えていた。

幸いというか、今までのめり込んだものがなかったおかげで、既に卒業に十分な単位は取れている。あとは卒論だが、就職活動に本腰を入れなかった俺は、これも無難なテーマで、凡作をほとんど書き終えていた。

（卒論は大急ぎで提出してしまおう。せめて大学は卒業しなきゃ、親に悪いもんな。あと、必要なものは……）

パスポート。ビザはいるのだろうか。アメリカの情報は必要だ。向こうのマジシャンを知っている人物が、どこかにいないか探さなくては。そして何よりも、金だ。渡米費用に、当座の生活費。あればあるほど心強い。

金にも執着のなかった俺は、ろくに預金を持っていない。仕方ない。昼夜ぶっ通しでバイトを詰め込むことにした。当然、大学や友達とは縁遠くなるだろう。それだけは、ちょっとさみしかった。

（だけどきっとこれで、姫乃とも疎遠になる。つきあいは消滅だな。最後が喧嘩別れみたいになったのは、残念だったけど）

一つ、問題が解決するはずだ。俺は勝手にそう思ったりもした。まことにもって人とは、自分に都合の良い考え方をするものだと思う。

だがこの世には『カオス理論』が存在し、俺は外の世界へ飛び出したいと、羽をばたばたさせてしまった。つまり、世界のどこで竜巻が起こってもおかしくない状態になったのだ。事は予測不可能なのであり、あっさり収まるわけがなかった。

バイト生活に突入した俺は、昼間はバイク便、その後は深夜過ぎまで、『奇縁《きえん》』という、若者でも気軽に入れるタイプの酒場で働いた。以前のバイト経験から、俺はカクテルが作れたので、そこそこいい時給がもらえたからだ。日々節約生活を心がけ、軍資金を必死に増やしていった。

そんなある日、『廊下鳶』クラブの数人が、わざわざ『奇縁』に押しかけてきた。そして驚く話をしたのだ。奈津美《なつみ》という女が現れ、俺の新しい彼女だと名乗って、姫乃に嫌がらせをしているのだという。

「その女、姫乃に電話で文句を言ったっていうの。姫乃と別れたはずなのに、天野が自分のことも避けているみたいだ。その理由は、未だに姫乃とこっそりつきあっているせいじゃないかって」

たまげた俺は、ビールをグラスでなく、テーブルに注いでいた。

「奈津美？　誰だ、そりゃ。初めて聞く名前だ」

思わず正直に答えると、カウンターの正面にいた佐藤に、たっぷりと疑いのこもった目で見られた。佐藤はごつい見てくれに似合わぬ純情青年で、前から姫乃に気がある。

「とぼけてるんじゃないだろうな」

「あのなあ、俺はアメリカ行きのために、一日中ひたすらバイトしてんだぞ。こんな時に新しい彼女を作るわきゃないだろうが」

「そりゃあ……でもなぁ」

　しかし実際、奈津美という女のことで悩んだ姫乃から、希菜が相談を受けたというのだ。

「そんな馬鹿な……」

「馬鹿はないだろう。事実、姫ちゃんは迷惑を被《こうむ》っている。天野のせいだ。だからこの問題、お前が何とかしろよな」

「何とかって……姫乃をその女から助けろってか？」

　俺は思わず逃げ腰になった。話を信じていないとか、バイトで忙しいからではない。

本音を言えばこの問題で、また姫乃と会うのが嫌だったのだ。

　彼女を嫌いになって別れたんじゃないのが、問題だった。会えば、無理をしてアメリカに行くこともないという思いが、きっと頭をかすめる。せっかくの決意が、ぐらりと揺らいでしまう。マジックなんて不確かなもので食べられるようになるには、鋼鉄の意志が必要だ。なのに姫乃に会えば、それが蒟蒻《こんにゃく》に変わってしまう。だから彼女が怖い。

　しかし『廊下鳶』の連中が、そんなナイーブな男心を汲んでくれるわけがなかった。既に俺が姫乃の元に駆けつけると決め込んで、奈津美という女について話し込んでいる。

「何で天野が良いなんていう女がいるんだ？　プータローになる男だぞ」

「とにかく、興味深い話よね。天野君、この一件を解決したら、奈津美について詳しく聞かせてよ」

「お前ら、妙に姫乃に優しいと思ったら、興味半分かよ。成り行きを楽しんでるだろ」

男どもはともかく、女子部員まで『奇縁』に来たのは、妙な女の件も、俺のアメリカ行きも、就職までの暇な時期を楽しく乗り切る、格好のイベントだからに違いない。希菜が判決でも下すように、ぴしりと言った。

「とにかくもう一度姫乃と会って、相談に乗るのね。このままじゃ姫乃が可哀そうでしょ。姫乃は、自称〝天野君の彼女〟のことで悩んでいるんだから」

「やってられないぜ」

ため息をついたが、嫌がったとて問題から解放してはもらえない。俺は『廊下鳶』の皆のビールをぶんどると、やけくそで、ごくごく飲んでしまった。

4

（最近、女に告白された覚えはないよなぁ。奈津美なんて女、どこから湧いて出たんだ？）

その晩バイトが終わったあと、俺は顔をしかめつつ家路についた。夜の闇に、姫乃の顔が浮かんでくる。長くつきあってきた間柄だ。今、困っているのだったら、俺が手を貸してやらなくてはならない。分かっている。

その反面、どうしようもなく、嫌な考えも心の中に湧いてきていた。

(まさかこの騒ぎ、姫乃が自分で演出したんじゃないだろうな)

自分で甘く考えても、俺がそんなにもてるわけがない。奈津美は、姫乃が作り出した架空のライバルかも、と思う。彼女のいたずらだ。

(姫乃は美人だもんなぁ。今まで振られたことなんかないはずだ)

さぞかし俺に腹を立てているんだろう。それで俺を、女をもてあそぶ悪役に仕立てて、鬱憤《うっぷん》を晴らしているのだ。この考えは、当たっている気がする。しかし、と考える。俺がそう思いたいだけかもしれない。姫乃に会いたくないから。

「はあ……」

アパートに帰り着き、足音を殺して外階段を二階に上がる。自分の部屋のドアに目をやって、俺は眉をひそめた。スーパーのレジ袋が、ドアノブにかけてあったのだ。

「何だろう?」

親は遠方に住んでいる。他に、アパートにものを置いていくような人のあてはなかった。少し離れた所に街灯があるばかり、薄暗い中で深く考えもせず、袋を摑んだ。途端、俺は「うえっ」と、裏返った声を上げげた。手のひらに血の筋が何本か浮かぶ。白いビニール袋の中には、カミソリの刃がいくつも入っていたのだ。

俺は袋をつまみ上げ、ドアを開けた。袋が毒か爆弾ででもあるかのように体から離して持ち、台所の分別ゴミの袋に捨てる。それから急いで血を洗い流し、傷の深さを確認した。

結構血は出ていたが、どれも大した傷ではなく、指も普通に動くと確認した瞬間、大きく息をついた。思いがけないほど、心の底から安堵していた。

「怪我で指が動かなくなったら、マジックなんてできやしないもんな」

ほっとしたせいか床に座りこみ、一人ぶつぶつ言いながら常備薬の軟膏《なんこう》を塗った。包帯がないものだから、救急キズテープを並べて貼って、何とか手当てする。その後、俺はやっと落ち着くと、気味の悪い思いを込めて分別ゴミの袋を見た。

「誰があんなもの、持ってきたんだ？」

こんなことをされる覚えはなかった。アパートに来たことがあるのは、姫乃くらいのものだが、まさか彼女はこういう陰湿なやり方などしないだろう。いくら腹が立っても、だ。

ふと、奈津美という名が、頭をかすめた。知らない女。俺のことを怒っているという女。誰なのか、何故なのか、全く見当もつかなかったが、その女かもしれない。姫乃の身が案じられた。しかし夜中に電話するのも憚られ、俺は疼き始めた手を抱えたまま、とにかく眠りについた。

翌日、急に休むこともできず、バイク便のバイトに出かけた。素手では響くからと軍手をはめたが、乗っている間中、手がじんじんとした。夕刻疲れきってアパートに帰り着く。夜のバイト先、『奇縁』へ行く前に、姫乃へ電話を入れようと思っていたのだが、郵便ポストを見た瞬間、予定が変わった。親から、分厚く大きな封書が届いていた。

部屋に入り、急いで開けてみる。俺は中身を見て、床の上に座り込んだ。

「親父ときたら、俺に一言の断りもなく……」

入っていたのは、とある会社のパンフレットだった。親父からの手紙が添えられていて、どうやらその会社の面接を受ける手筈《てはず》がついているらしい。とんでもない夢を口にし、就職活動をしない息子に代わって、親父は就職口を求め、あちこちに頭を下げたに違いない。コネがあるという話は聞いたことがなかったから、苦労したはずだ。

「まいったな……」

こんなごたごたが嫌で、渡米の話は出発直前に伝えるつもりだったのに。

(就職を断ったら、親父を傷つけてしまうだろうな)

その上、就職の世話をしてくれた人に、父はまた頭を下げなくてはならないだろう。

「くそうっ。クラブでぽろっと言った話を、誰が坂田教授に伝えたんだよ」

普通なら部員を疑うところだが、口止めした話でなし、話が他の学生に伝わってもおかしくない。その時ふっと、また奈津美の名が浮かんだ。騒ぎを予測して、彼女が嫌がらせで告げ口をしたのだろうか。確かめようもなく、俺はどうしたらいいか分からない封書を前に、しばらく座り込んでしまった。

しかし時間もバイトも待ってはくれない。封書を畳の上に置きっぱなしにし、姫乃に掛けるはずだった電話をまたにして、俺はへたったまま、何とか『奇縁』へ向かった。

店に着くと、ドアの前で姫乃が待っていた。

(今日は……次々と事が起こる日だ)

何とか笑顔を作ったが、疲労感がまた、どっと押し寄せてくる。

「久しぶりだ、姫乃。元気だったか……」

言いかけて気がついた。

「どうしたんだ、その顔」

左の頬が腫《は》れている。思わず駆け寄った俺に、姫乃は怖い顔を向けた。

「奈津美さんだっけ、天野君の新しい彼女に、ひっぱたかれたのよっ」

「その女と会ったのか!」

「今日、大学の帰りにたまたま……天野君のアパートの近くを通りかかったら、二階から女の人が降りてきたの」

（奈津美だ。また来たのか）

長い黒髪の後ろ姿を見ただけで、その女が噂の女ではないかと、姫乃にはぴんときたのだ。思わず近寄って名を聞いたらしい。

「そしたらその女、振り向きざまに私のことぶったのよ！　あいつが奈津美だわ！」

俺のせいだ、とにかく謝れと言う。

謝った。

出会い頭《がしら》にぶたれたので、姫乃は奈津美の顔を、ろくに見ることができなかったらしい。美人かと聞かれたので、知らない女だと、正直に答えた。

「何よ、それ。あの女、天野君に片思いしてるってこと？」

どう言われても、それが事実だ。怒りを顔に浮かべる姫乃に、俺はため息をついた。

「なあ姫乃、わけの分からない女が、俺の周りをうろついているんだ。こんなところで夜中、一人で立ってちゃ駄目だ。危ないじゃないか。腹が立っても、とりあえず別の者に話を聞いてもらって、ここへは日中に来るべきだよ」

「今、深刻な話ができる男の人、いないもの。女の子に急にすり寄っても、後でそれみたことかと、噂話されるだけだわ」

「やれやれ、相変わらずなんだな」

姫乃は、自分に女友達がいないことを知っている。だからつきあっている男がいない今みたいな状態は、糸の切れた風船みたいにふらふらとして、心細いのだ。頬を張られた夜なら、なおさらに。

「姫乃は姫乃だなぁ。嘘でも泣いてすがったら、男も女も、ぐっと優しくなるのに」

苦笑すると、すねたようにそっぽを向いている。彼女を抱きしめたくなって、まいった。

「姫乃は涙を武器に使うようなことはしないからな。正直なもんだ。でもそれがいいのか悪いのか。俺は好きだけど……そんなふうに強く振る舞っているから、さみしいままでいるんだ。そうだろう？」

それでも自分らしくある姫乃に、惹かれていた気がする。

(だけど……別れたんだ)

俺には、姫乃が求めるものを差し出せないから。彼女は、きちんと親の事務所を継ぎ、ちゃんと結婚して、まともに暮らしたいと思っている。きっと親や世間とうまくつきあっていく。真っ当な幸せを摑むだろう。

俺だって、そんな将来は悪くないと思う。だが。

(俺は……諦めきれないんだ)

だから、この時期になっても先のことすら定まらずにいる。今日届いた就職先で働かないと、親とも喧嘩をすることになりそうだ。こんな俺に、周りが苛立つのは分かる。

弁護士になる、ならないが、姫乃との交際を終わらせた、真の問題ではなかった。

(今でも分かんないよ。何で姫乃が俺とつきあったのか)

しばし、俺は物思いにふけってしまったらしい。それを、立ちつくす姫乃の声が破った。

「私……やっぱり納得できない。天野君が一番私のこと、分かってくれているのに」

姫乃の声は震えている。

「なのにどうして私の方が振られるの。何で私がぶたれるの。何で！　何でよっ」

「姫乃」

しまったと思った。別れる気なら優しい言葉は厳禁だったのに。

「ねえ、私たち本当に別れなきゃいけないの？　何とかする方法はないの？」

正面から聞かれて、言葉に詰まった。ふと、畳の上に置いてきた書類が頭の中に浮かぶ。何でこうも次々と、心を揺さぶることが続くのだろう。

(もう決めたはずなのに、俺は……決心がぐらついているのか？)

きっと俺は、先々のことが怖いのだ。このままでは親と疎遠になってしまう。成功しなかったら、捨てたはずの恋人を懐かしがることになる。金に困ってサラリーマンになろうとしても、経験もなく歳だけ取っていて、もう無理だと気づかされる。アメリカに長く居すぎたら、ついには日本にさえ、居づらくなりそうだ。捨てて逃げたものから、捨てられるのだ。

どうする？　どうすればいい？

俺は姫乃の前で、立ちすくんでしまった。

5

次の日の昼、俺はバイト中に『廊下鳶』の部長に電話を入れた。部室に置きっぱなしのマジックの道具を、今晩引き取りに行くと告げる。卒論も出してしまった今、大学へ顔を出すことは、ほとんどない。もう部室に私物を置いておくべきではなかった。

久しぶりにしゃべった部長が、姫乃とのことを、心配して聞いてきた。

「アメリカについてゆくと言われたよ」

そう正直に話したら、一瞬絶句された。

「冗談、冗談だよ」

軽く話を流したが、部長のことだ、『廊下鳶』でこのニュースをしゃべるはずだ。そして噂が流れる。奈津美という女にも、届くに違いない。それを確信して、電話を切った。

「さて、これで俺は今夜、噂の奈津美さんと会えるかな」

俺の彼女を自称している女は、きっとこの話に興味を持つだろう。二人で渡米するかもしれないと聞けば、真偽を確かめたくて、今日俺に会うため、部室に来るかもしれない。そんな気がした。

仕事の後、遅い時刻だったが、いったん家に寄ってから大学へ向かった。真夜中のキャンパスを横切り、大正館に入り込む。廊下に人の姿はなかった。部室に入る。カーテンのかかっていない窓から月明かりが注いでいた。

長椅子に誰かが腰掛けている。長い黒髪の後ろ姿だった。

(やはり来たか)

こんな闇夜のような黒髪の女は、クラブにはいない。彼女が話題の人物に違いなかった。

「あんたが奈津美かい？　おい、どうして姫乃に嫌がらせをしたんだ？」

思い切って声を掛けてみた。だが案の定、返事はない。俺は奈津美の正体について、ある考えを抱いていた。奈津美は今確かに目の前にいる。だが、その事実にもかかわらず、彼女はどこにも存在しない人間なのだ。

まるでマジックのトリックだ。目くらましをかける。驚きを誘う。

「何で返事をしないんだ？」

そう声を掛けても、まだ何も言わない。俺はゆっくりとその肩に手を置いた。

「わっ！」

感触が……人のものではなかった。驚いて飛び上がる。二、三歩後ずさった。その時！　後ろから何かが振り下ろされる。俺は咄嗟に手でそれを払った。

「カッターナイフ！」

腕を押さえる。真っ赤なものが一筋、袖口から滴《したた》った。襲ってきた人物は、柱の陰に逃げた。忌々《いまいま》しいことに、椅子にいたのは『奈津美』ではなかったのだ。

「こりゃ、俺の……マジック用のマネキンじゃないか！」

部室に置いてあった、トリックのタネ。瞬間移動や人体の一部切断、人間の入れ替えなどにも使う。結構大がかりなマジックになるので、めったに使ったことはなかったが。

「鬘《かつら》をかぶせたのか」

たったそれだけのことで、酷く印象が変わって、マネキンだと分からなかった。

唇を噛んで、俺はゆっくりと『奈津美』の本当の名を呼んだ。

「出てこいよ、希菜。隠れてないで」

しばしの間、沈黙が部屋を支配していた。しかし。

「何で分かったかなぁ」

でこぼこした部室の陰から、真っ黒な長い髪の鬘に手をやりながら、希菜が姿を現した。普段は短めの茶髪だから、マネキン並みに別人に見える。

「希菜が『奇縁』に来たとき、姫乃から、気味悪い女のことを相談されたと言ったからさ」

あの姫乃が他の女に、悩みを打ち明けたりするわけがない。

「あいつ、自分に女友達はいないと分かっていたからな」

しかし希菜は、いい加減な推測を口にする人間ではない。となると、可能性は一つ。希菜は、わざと嘘をついているのだ。

そうなると、今までの希菜の言動が信用できなくなる。

「それで、色々な疑問が解けたんだ」

俺が浮気しているとの噂を流し、姫乃に聞かせるのは、希菜なら簡単だ。それに『廊下鳶』のメンバーは、互いの住所と電話番号を知っている。

俺のアパートで姫乃と出くわしたとき、平手打ちを食らわせて逃げたのは、顔を見られたくなかったからだろう。

「ここまでは分かったが……だけど他にも謎はある」

「あら、全部見透かされたんじゃないのは嬉しい。何が残ってるんだろうなぁ」

黒髪の希菜が聞いてくる。見知らぬ他人と話している気がして、どうにも落ち着かない。

「そもそも何でこんなことをしたんだ？　いもしない女のことで姫乃をたきつけ、俺のアパートにカミソリの入った袋をぶら下げ、坂田教授へ告げ口をした。訳が分からない」

「天野君が好きだから、渡米させないためにやった、とは思わないの？」

「俺がつきあってくれと言ったら、希菜はOKしたかもしれない。でも、刃物を振り回すほどには、俺を好きではないと思う。うん、絶対に違う」

希菜は結婚するなら、友達みたいな恋人とゴールインするタイプだと思う。たくさんの友人がいる。用意周到な就職活動を経て勝ち取った、上場企業の就職先も待っている。そんな希菜が、今度の似合わない行動を起こした理由は、何だというんだろう。彼女が髪をすくった。

「ねえ、似合わないでしょ、この真っ直ぐな黒髪」

「うん、変な感じだ」

率直に言った。いつもの自然な魅力がなくなっていた。

「私もそう思う。私には流行の茶髪が似合っているの。最新だと本で紹介されている服。そこそこのつきあい。私ってその程度なの」

悪くはないが、飛び抜けてもいない。大きなことをしゃべってはいても、周りの大学生たちも、同じようなものだ。もうすぐ皆、揃って就職する。

「でも天野は突然、アメリカへ行くと言った。誇張じゃなく、目眩《めまい》がしたわ」

「えっ？」

突然の話に呆然とする。希菜は向かいから、睨みつけてきた。

「この『廊下鳶』クラブの中で、夢を摑む者がいるとすれば、天野、あんただわ。私じゃないの。私は姫乃ほど美人じゃない。天野のように意志が強くもない」

それでも、俺もそのうち夢を諦め、姫乃の家の婿養子になって、落ち着いた人生を送ると思っていたという。自分と同じように。他の凡百と同じく！

「なのに天野は、姫乃という大きな誘惑を退けた。きっと、すぐに人に認められるわ。世界的マジシャンになるのよ。私じゃなく、姫乃でも佐藤でも部長でもなく、天野がっ」

俺は目を見開いた。

『廊下鳶』

このクラブのメンバーは、自己顕示欲の塊だ。そういう会なのだから。

（だからって……）

言葉が出なかった。希菜は俺が渡米費用もなく、昼夜ただバイトに明け暮れているのを見ているはずなのに。

「希菜……俺は将来、下手をしたらホームレスだ。風呂もない一間《ひとま》暮らしすら維持できずに、残飯あさりをする羽目になるかもしれない。それを分かってるか？」

返事がない。

マジシャンだろうがアーティストだろうが、自由と派手さが合体した場所には、それは大きな墓穴も掘られている。それを知っているから、大抵の親は安全パイを子供に勧める。悪いことではない。子供に将来、ゴミ箱あさりをさせたい親はいないからだ。

しかし、うまく安全パイを摑めない者もいるのだ。

不器用で世の中に馴染めない。やりたくてもできないから、何とかなるかもしれない方に賭ける。それだけの話なのだ。

だがどう言っても、希菜が納得するとも思えなかった。その目には俺が妄想したような、華やかなラスベガスショーの幻影でも、映っているのだろうか。

「私、天野が許せないのよ。一人だけ違う顔して！」

その時、希菜が突然鬘をむしり取り、俺の方へ投げた。咄嗟《とっさ》に避ける。その分、再び繰り出されたカッターナイフを避けるのが遅れた。さっきより濃い血の臭いが部室に漂う。

「おい、犯罪者になるつもりなのか」

手が痛みで疼《うず》いた。卒業を前にして、信じられない。

「大騒ぎにはならないわよ。手を傷つけるだけだもの。いざとなれば私は女だし、泣くわ。天野に夜、部室に連れ込まれて、怖かったからと言うだけよ」

希菜は嫌な感じに笑った。

「手を切られて、器用に動かなくなったら、マジシャンにはなれない。天野はその時どうするの？　弁護士になる？　それともただのサラリーマン？　私はそれが見てみたい」

「それが……この騒ぎの目的か！」

俺は思わず希菜を凝視していた。目の前が揺れた。息が速くなる。今まで、人生で成功できないかもしれないと、思ったことはあった。しかし、マジックができなくなるとは、考えたこともなかった。

（俺は……俺は……）

自分の顔が、引きつってくるのが分かった。

（何とかこの場を、逃れなくてはならない。そうでないと、俺は……俺は……）

一呼吸置いたあと、死にものぐるいで手を振り回し、希菜から逃げ出そうとした。その手に向かって、希菜がナイフを突き立ててくる。ぱっと真っ赤なものが大きく散った。

「ひっ……」

手を切り裂かれていた。希菜の顔やブラウス一面に、赤い斑点が飛んでいる。強烈な思いが、俺を包んだ。吐き気がこみ上げてくる！　希菜が自分の服を見て、わずかにたじろいだ。

その一瞬、俺は落ちていた鬘を希菜にぶつけ、希菜がよろけている間に、部屋を飛び出した。死にものぐるいで走る男の足に、希菜が追いつけるわけがない。アパートに飛んで帰り、部屋から荷物を引きずり出した。手持ちの全財産を鞄に突っ込んで、電車に飛び乗る。成田へ向かう途中の駅で夜を明かすことになっても、もう戻る気はなかった。

6

「そうやって日本を離れたのか。しかし手に怪我をして、よくマジシャンになれたな」

花立の声を聞き、天野は大きな傷がある手を見せた。花立がそっとその傷に触れ……びくっと手を引っ込めた。大声を上げる。

「かっ、硬い！」

次の瞬間、テーブルの上に三本の手が現れていた。マジシャンが笑っている。

「三度目に深く切られたのは、マジックで使っていたダミーだよ。あと、血糊《ちのり》も使った」

希菜が騒動の犯人ではないかと目星を付け、大学へ向かう時点で、用心していったのだと言う。

「さっき缶から現れたのは、その希菜って女だったのか。なら何で吐いたんだ？　お前さんはうまく逃げ出した。大事には至らなかったじゃないか」

花立の問いに、マジシャンが微かに笑う。

「俺は……自分が心底怖かったのさ」

「はあっ？」

「一回目、傷つけられたときは、ただ驚いていた。二回目、俺は痛みを感じるというより、怒りで顔を歪《ゆが》めていたんだよ。初めて見つけた希望を、めちゃくちゃにされかけているのが、分かったからな」

希菜は攻撃を止めようとはしなかった。天野の手を駄目にするまでは、決して。

「本当に、希菜に手を切り裂かれていたら、俺はどうしただろ。我を忘れて激高していた気がする。あいつをぶん殴ったかもしれん。殺していた可能性もあった！」

あまりにも簡単に、頭の中が沸騰していた。驚いた！　己が恐ろしかった！

恋人を捨て、親を無視し、友に殺意を抱く！　自分の中に見えたのは、底なしのエゴだという。二度と思い出したくない、吐き気のする思い出だ。長年、親しい友達でいたことを、きれいに忘れ去っていた。ただ煮えたぎる思いだけに包まれていた。それが自分だった！

「まったくこんなんじゃ、サラリーマンになれないはずだ。世間の調和から、めちゃくちゃにはみ出し歪んでいる」

その思い出が、天野をトイレに走らせたのだ。深いため息が、話を締めくくった。

「俺は月給取りだが……世の中と馴染んでいるかなんて、考えたことないがな」

多くの客たちが首を傾げている。

「ここに来ている連中はなぁ、あまり平均的なサラリーマンではないような」

飯田の言葉に、健也が頷く。

「飯田さんが一番普通じゃないサラリーマンだよ。お医者さんなんだもの」

「何でだ?」

わいわい言っている連中に、店長がテーブルの後ろから確認を入れてきた。

「賭けは総外れだな。全部飲み代にする。いいな?」

「お前さんの意見が一番近かったが、それでいいのか、店長」

「かまわん。こんな話だとは、俺も思っちゃいなかったからな」

それではと、気前よくボトルが開けられ、料理が注文される。マジシャンがゆっくりと笑って、店長に聞いている。

「この規格外れの俺が、こんなに居心地がいいなんて、『酒場』はいったい、どういう場所なんだ? いつも考えているんだが」

「お前、つい今し方、賭けの対象にされて、吐くようなことを思い出してたんだぞ。なのにこの店が居心地がいいなんて、凄い奴だな」

呆れ顔の店長に、もう食べられるかと聞かれ、マジシャンが頷く。すると程なく、テーブルに大盛りのチーズシチューが、どんと置かれた。それに向かって四方から、遠慮のない手が伸びてくる。花立も、やっと新作料理にありつけた。

マジシャンはにやりと笑うと、くつろいだようすで、ひょいと『とっても不幸な幸運』の缶を手に取った。手をくるりと回すと、缶がグラスに化けている。そこに店長が、天野のボトルからお気に入りの酒、カリラを注ぐ。

「俺はマジックで食っていけるようになった。自分でも信じられないことに、夢に描いたままに、ラスベガスでショーだってしている。でもな……」

口元に皮肉っぽい笑みが浮かんでいる。

「だが想像通りだったことは、他にもあったんだ」

アメリカと日本を行き来するうちに、どちらの国からも浮いているような、落ち着きのない感じが増してきている。恋人はいるが、相手が変わってゆくばかりで、妻も子もいない。心細さが、歳と共に募っていた。

自由という勝手を手に入れた代償だ。

「だから、俺にとってこの『酒場』は、大切なものなんだ。常に変わらない、戻ってこられる場所だからな」

受け入れられ、安心できる居場所。心配してくれる友のいるところだ。

「まったく、成功しているくせして心配性な奴だ。もう老後の心配か？」

それでもマジックをやめたりはできないだろうと言って、店長が笑う。マジシャンのボトルの酒をちゃっかり飲んでいる店長に、他の客もグラスを差し出している。酔った常連たちは、天野に好き勝手な提案をし始めた。

「マジシャン、死ぬまで一人でいても、遺言状で指名してくれれば、葬式くらいはやってやるぞ」

「墓は用意できないが、散骨ならＯＫだ」

「お前、天野より十五は年上だろうが」

「俺は長生きする。決めているんだ！」

常連たちの話を耳にしながら、天野は笑って飲んでいる。さらに何本もの酒瓶が開けられた。

『酒場』は、飲んだくれても大丈夫な場所であったから。ここなら、大丈夫なのだ。

第六話

敬二郎は恋をする

1

十五年も前の話になるから、『酒場』の店長の一人娘、のり子が生まれる二年以上前のことだ。一九八九年、年明け間もなく、昭和天皇が崩御されたというニュースが日本を駆けめぐった。

それはもちろん一大事で、新宿にある『酒場』という名の酒場でも、しばらくはその話で持ちきりだった。

だがリクルート疑惑や、ボディコンファッションの話題と共に、その話はある日、『酒場』から吹き飛んでしまった。常連の一人が静かに口にした一言が、何ものにも勝《まさ》ったのだ。

「私、癌《がん》だって。あと半年は持たないだろうって、病院で言われたわ」

満員の店内でそう告白したのは、紀ノ川《きのかわ》みずきという、『酒場』では珍しい女性客だった。

『酒場』の面々は、女性が嫌いではなかったが……大いに好きな者が多かったにもかかわらず、この店で女の姿は、極めて珍しい。ホステスではなく、一緒に飲む仲間になれる者でなくてはならない。マスターである敬二郎のそういう決然たる方針があり、それ以外の者は、歓迎されなかったからだ。

みずきはフリーのライターで、二年ほど前に、仕事絡みで『酒場』にやって来た。かなり酒がいける口の上、独身のせいか、せっせと通ってきて、あっという間に皆に馴染んだ。

みずきはもてた。『酒場』では、もの凄くもてた。顔立ちが、可愛らしく魅力的だったせいか、さっぱりした性格が受けたのか、皆に可愛がられた。常連客らに面と向かって、結婚すれば、かかあ天下間違いなしと言われても、笑い飛ばしていた。皆、みずきと同じテーブルに座ると、その夜は嬉しそうに飲んでいた。

そのみずきの顔が、今日はさすがに強《こわ》ばっている。

既に病気のことを知っていたのか、常連客の何人かが黙って、みずきが座っている椅子の周りを取り囲んでいる。遣《や》り手弁護士の山崎や、強面《こわもて》の阿久根たちだ。日頃、『酒場』の内ですら大きな声では語られないが、阿久根は結構大きな暴力団の幹部だということで、こういうときでも落ち着いて見える。

それに対し、呆然として声もなく立ちつくしたのは、『酒場』のオーナーにして初代マスター敬二郎と、ウェイターの洋介だった。揃って声が出てこない二人に向かって、阿久根がみずきに代わり、さっさと話を進めた。

「みずきは、死ぬのが怖いんだと。まだ三十四だし、無理もない。だがこの問題は、俺たちにはどうしようもない」

店の常連には、小さな診療所を開いている松尾《まつお》という医者がいたが、この男の手に負える病ではなかった。早々に大病院の専門医に紹介したという。その結果が、今回の宣告だった。

「だがここにきて、みずきには病気の他にも、つらいことができたんだ。知っての通り、彼女は早くに両親を亡くして、家族がいない」

だから癌の告知を、みずきは自分で直接、医者から聞いたのだ。代わって医者と話してくれる身内がいなかったから。

「みずきには、おじやおば、いとこなんかはいる。だが、普段親しくつきあっているわけじゃないんだと。手術をするとき、身内のサインが必要だと言われたそうだ。友達じゃ駄目かと医者に聞いたら、身内はいないんですかと、渋い顔をされたってさ」

疎遠な親戚に、手術の承諾書にサインしてくれるよう頼むには、病気のことや、もう助からないことも話すしかない。酷《ひど》く気が重い。関わると葬式を押しつけられるかもしれないと、嫌な顔をする親戚もいるだろう。

だが、親戚に頼まないのならば、知人に面倒を押しつけることになる。みずきは病気だけでなく、そのことでも落ち込んでいるのだ。

「これじゃ、落ち着いて治療もできない。それで、俺たちは話し合ったんだ。みずきは凄くもてる。言い寄ってた男の内、結婚を申し込んでたのが、二人いた。どっちかと、急いで結婚させようってな」

夫がいれば、その男が書類を整えることができる。将来必要になる、介護の担い手にもなれる。雑事は全部やらせればいい。金を払うのも、そいつの役目だ。残された時間を、みずきがなるだけ居心地よく過ごせるよう、責任をもつ人物が用意できるのだ。

「で、『酒場』のお二人さん、こういう事情になったが、まだみずきと結婚したいかね?」

「もちろん!」

「えっ、あ、うんっ」

声が静まった『酒場』に響く。そういうことなら、なおのこと自分がみずきの側にいなければと言ったのは、五十八歳の敬二郎だ。二十歳になったばかりの洋介は、呆然と目を見開いて、みずきの顔を見つめていた。

どちらも結構真面目に、みずきにプロポーズしていたにもかかわらず、今まで話はまとまっていなかった。二人との大きな年齢差のせいで、みずきの腰が引けているのではないかと、『酒場』では噂されていた。

「みずきが病気なら、先々金も必要だろう。こら洋介、お前さんは引っ込んでな。経済的余裕がある俺が、みずきと結婚すべきなんだよ」

敬二郎の言い分を聞き、洋介は、はっと我に返り、言い返した。そんな話に納得はできない。

「みずきは病気なんだろう？　付き添う男は、体力がある若い方がいいに決まってるじゃん。ジジイじゃ介護の途中で、自分の方が脳卒中起こしかねないからな」

二人の対立は、一昨年みずきが『酒場』に現れて以来のものだ。今回の件でもやはり喧嘩になるのかと、店のあちこちから、ため息と苦笑が漏れ、『酒場』の雰囲気が少しばかりなごんだ。その時、また阿久根が口を開く。

「本当はみずきが相手を決めるべきなんだが、急な話なんで、みずきの気持ちが固まってないんだ。でももう、ゆっくり選んでいる時間もない。だから俺たちで選抜方法を決めた。みずきは、それでいいそうだ」

つまり何か勝負を行い、勝った方が彼女の夫になるわけだ。

「ただ夫と決まった男には、みずきの願いを一つ、聞いて欲しいそうだ。それを承知なら、選抜の仕方を教える。どうする？」

「何だい、欲しいものがあるなら、すぐに揃えるが……」

敬二郎が言いかけた。それを阿久根が、太い腕を振って止める。

「彼女のリクエストは、ちゃんと夫に決まってから聞きな。洋介もＯＫだな？　よしよし。では選抜方法を言おう。みずきは記入を済ませ、判も押してある婚姻届を、この店のどこかに隠した。そいつを見つけた方が、空いた欄に己の名を書き込んで、役所に出せるってわけだ。要するに、夫の座を賭けた宝探しだ」

びっくりした顔の二人に向かって阿久根が、さらに言いつのる。どちらかが書類を見つけるまで、みずきが必要とする雑用は、二人が協力してやるように、とのことだ。ざわざわと客たちの話が飛び交っている。洋介はまだ驚きを引きずったまま、手前のテーブル席にいるみずきの方を向いた。いつもと変わらない、綺麗な顔があった。

「みずき、俺は構わないけど……そんなふうに結婚相手を決めちゃって、いいのか？」

かなり非常識ではないかとの洋介の問いに、みずきが切り返す。

「死にそうな女と結婚しようって方が、よっぽど変わっているわよ。あんたたちこそ、今さら断れないとか、そんな柄《がら》にもない見栄は張らなくていいのよ」

「病気になっても、口の悪さは変わらないなぁ」

山崎がテーブルの横で、少しばかり笑っている。とにかく今のみずきには、支えてくれる家族が必要なのだ。洋介も敬二郎も、すぐに探し始めようとするのを、また阿久根がひき止め、念を押した。

「書類の偽造はするなよ。どこに隠してあったか、聞くからな。俺たちは場所を知っているが、買収しようとしても無駄だ。隠し場所を漏らした奴は、俺が責任を持って袋叩きにすると宣言してある」

阿久根がこう言っているのだから、常連客は誰一人口を割らないに違いない。その腕っ節がどれほど強いか、敬二郎に命令され、阿久根から武術を教わっている洋介には、よーく分かっている。真面目に正攻法で、店の中を探すしかなさそうだ。

その時診療所の医師松尾が、敬二郎と洋介に、紙を一枚ずつ渡した。みずきの通院予定と、二人がすべき生活サポートの一覧表だ。あらかじめ、作っておいたらしい。

「お二人さん、探し物より、こっちが優先だからな」

念を押されたあと、まだ開いている店があるうちに、まずは今日の買い物をしてこいと、二人は『酒場』から放り出された。酒は勝手に飲んでいるから店は大丈夫だと、常連たちは言う。

(支払いはどうするんだよ)

どうにも納得できなかったが、とにかく敬二郎が構わないというなら仕方がない。洋介は夜の中、薬局へ走った。

それにこのタイミングで、店の外へ出られたのは、ありがたいとも思う。洋介には、今どういう表情でみずきと向きあえばいいのか、分からなかったのだ。とんでもない知らせを聞き、ただ驚いている状態が過ぎて、痺《しび》れるようなショックが洋介を襲っていた。

（みずきが癌！　余命半年……）

阿久根たちが、こんな奇妙なことを始めたくらいだから、彼女は本当に、酷く具合が悪いに違いない。初めて本気で惚れた女が、あっという間に手の届かないところへ行こうとしていた。

2

みずきのために、翌日から敬二郎と洋介は交代で、彼女のアパートへサポートに向かった。

体調が悪いから、ゴミ出し一つですら負担なのだ。だからといって入院したら、もう退院は無理となるかもしれない。通院しながら、できるだけいつもの生活を続けたいと、みずきは希望していた。

『酒場』は敬二郎と洋介の二人でやっていたから、片方がみずきの用事でいない間、店の仕事は一人でこなすことになる。そしてその時間が、お互いを出し抜き、婚姻届を探し出せるチャンスだった。洋介は客にボトルを押しつけ、簡単なつまみをテーブルに並べると、せっせと店中を探した。

（さあて、どこに隠したか……）

みずき一人でやったことなら、楽に隠し場所を推測できるはずだ。他の客に知られないよう『酒場』で何かするのは、大変なことだからだ。

しかし常連客たちが皆で手助けしたとあっては、とんでもない隠し場所が出現していても、不思議ではない。客の中には大工も設計技師もいる。壁に、隠し小部屋でも作りかねない連中だった。

（いや、二人とも見つけられないんじゃ、みずきが困る。そこそこ分かりやすい場所に隠してあるはずなんだ）

それでは古典的な隠し場所はどうか。洋介はキッチンにあった砂糖と塩の缶の中身を、それぞれ新聞紙の上に出してみることにした。塩はただの白い山を作った。砂糖缶を空《から》にすると、中から折りたたまれた紙の端が、ひょっこり顔を出した。

「やった！」

急いで摑み取り、紙を開き、中を確認する。ひゅっと息を呑んだ。

『やーい、引っかかった』

紙には大きな字で、そう書いてあったのだ。敬二郎の筆跡だ。手が震えてくる。

「……あんのぉジジイ！　くだらんことをしやがって！」

缶は先に敬二郎が調べていたのだろう。紙を握りつぶしていると、客席の客らが、にやにや笑いを浮かべて、カウンター奥にいる洋介を見ている。

皆がみずきを心配しているのは、本当だ。洋介たちがみずきのために、『酒場』を留守がちにしても、誰も文句は言わない。

だがここのところ『酒場』では、ろくなつまみが出ていないのも事実で、皆、他の楽しみを求めている。仕事をほっぽり出して宝探しにふけっているウェイターが、あたふたしている場面など、面白い見せ物に違いなかった。

「ふんっ」

砂糖を大ぶりな缶に戻しながら、悪態をつく。いっそ敬二郎への嫌がらせに、塩と砂糖を入れ替えておこうかと思ったが、止めておいた。

『酒場』の調味料は、同じ筒型のデザインのステンレス缶に入っていて、塩と砂糖の缶は、大きさまで全く変わらない。筒状の胴体に大きな字で『塩』『砂糖』とプリントしたものが貼り付けてあるだけの差なのだ。馬鹿ないたずらをしていると、自分も間違えそうだ。

（チクショウ……）

今日も、うまい考えが思い浮かばない。腕組みをしているとき、洋介はふと眉をひそめ、壁に掛かったアンティーク時計を見た。もうとっくに、敬二郎が店に帰ってきてもいい時間だった。

今日は午前中、洋介がみずきを病院へ送り迎えした。午後からの買い物と掃除が、敬二郎の役目だったはずだ。それだけの用なのに、九時を過ぎても、まだ帰ってこない。

(予定外の雑用でもできたのか？　だけどそれなら、電話の一本もありそうなものだけど)

敬二郎が『酒場』のオーナーなのであり、それを忘れて、だらしのない行動をとる男ではない。数えあげると、小山がいくつもできるほど欠点はあるが、そういうことだけはしないのだ。

何か……緊急で気もそぞろになる出来事があったのかもしれない。そう思い立ったら、いても立ってもいられなくなって、腰が浮いた。

(みずき……！)

カウンターを飛び出したので、客たちが洋介に、驚いた表情を向けてくる。その一人に、店の鍵を押しつけた。

「山崎のおっさん、もし俺が戻らなかったら、今夜の戸締まりよろしく！」

「おい、突然どうした？」

びっくり顔の面々を置き去りにしたまま、店を飛び出す。最初はネオンの中を走って、みずきのアパートに向かった。だがすぐに立ち止まると、タクシーを拾い、病院へ行き先を変えた。

「手ぶらで病院に来るなんて、気の利かない奴だな。わざわざ顔を出すなら、みずきの好きな花でも持ってきたらいいのに」

病室に入った途端、敬二郎に文句を言われた。

「夜の九時過ぎなんだよ。花屋は閉まってるって」

「なら、コンビニで女性週刊誌でも買ってくりゃあよかったのさ。暇つぶしに読めたのに」

二人の言い合いを、ベッドの上のみずきが笑って遮った。

「急なことだったけど、入院用の荷物は、きちんと用意してあったもの。とりあえず必要なものは揃っているから、何もいらないわ」

みずきはやはり緊急入院していた。部屋で突然、倒れたのだそうだ。病棟は新しく、個室は綺麗だったし、テレビもある。小ぶりな応接セットのテーブルには、小さなピンクのぬいぐるみまで置いてあった。なかなか居心地よさそうに見える。

だが、洋介はすぐに明るい返事を返すことができないでいた。

みずきは、治療をきちんと計画的に受けていたので、まだ当分は大丈夫だと思っていたのだ。だが、体調を崩した。やはり癌の宣告が、精神的にこたえているのに違いない。黙り込んでいると、敬二郎が洋介の腕を摑んだ。

「みずき、洋介に事務手続きをする場所を教えてくるよ。こいつに頼む日もあるだろうからな」

にこにこと笑う敬二郎に、強引に病室から連れ出される。病室が続く廊下を離れ、エレベーターホールに出た途端、敬二郎に怒った顔を向けられ、横面《つら》を張り飛ばされた。

「そんな暗い面を見せに、わざわざ病室に来るんじゃない。みずきの気分まで、暗くなるだろうが。お前があいつに気を遣わせて、どうするんだ！」

こういうとき、年齢と経験を重ねている敬二郎を、洋介は強いと思う。みずきの前に、確実に死が迫ってきているのが分かるのに、少なくとも見た目は、いつもと変わらずにいるのだ。それに対して洋介は、己が怯《おび》えるのを止められないでいる。情けなかった。

3

幸いなことにみずきは、早めにいったん退院することができた。洋介と敬二郎は一息ついて、より必死に、婚姻届を探す毎日に戻った。

それから『酒場』で洋介が出すつまみは、益々手抜きとなった。一昨日も、昨日も、今日も、皿に山と盛られたのは、ピーナッツだけだ。いい加減そのつまみを食べ飽きたらしい医者の松尾が、テーブルの前で、うめくように大きなため息をついた。

「元々洋介は、マスターより料理は巧くないがねぇ……それでも乾きものよりはいい。早く婚姻届を見つけてくれ。ピーナッツは、そんなに好きじゃないんだ」

情けなさそうに、一つつまんで口にしている。

「料理の腕は経験の差があるだけだ。巧くなってきているじゃないか」

洋介はふくれ面で、カウンター奥の壁を蹴飛ばしてみた。だが、足が痛くなっただけで、隠し扉は発見できなかった。

「くそっ、二人がかりでこれだけ探しているのに、何で発見できないんだ？」

たまに紙を見つけたかと思うと、決まって敬二郎からの嫌がらせで、最近は果物や本などをみずきに届けるよう、命令が書いてあることが多い。洋介も負けずにやり返しているから、みずきのアパートは、ちょっとした贈り物で溢れていた。

「とにかく早く結婚して、みずきを安心させてやるんだい！」

洋介がそう宣言すると、『酒場』の内に少しばかり、柔らかな笑いが起こった。常連の飲んべえが多い『酒場』は、年配の客も多かったので、若い洋介が気負ったようすを見せると、決まってこういう反応が起こる。大人の男が子供に対して見せる余裕に思えて、いつも洋介は、何となく面白くなかった。

「ところで洋介、お前さん、二十歳にはなっているが、まだ若い。今回の結婚話のこと、親御さんはご存じなのか？」

ピーナッツを囓《かじ》りながら、声を掛けてきたのは山崎だ。四十代の弁護士で、何事にもきっちりとしている男だった。洋介はあっさり首を振った。

洋介と両親の関係が、どうにもしっくりといっていないことは、『酒場』では知られた話だった。別段、洋介が家庭内暴力に走ったとか、親が酷い仕打ちをしたわけではない。二人いる兄妹たちは、何事もなく親と仲良くやっている。

しかし、どういう天の配剤か、洋介だけは両親、兄妹と、うまくいかないのだ。小さい頃から習い事や、ペットを飼う飼わないということや、趣味のことですら、言い争いの種になる。東京の大学に進学したあとは、ほとんど実家に帰っていない状態だった。

夜間、『酒場』でウェイターのバイトを始めたと知らせたときは、洋介が人生の落伍者になったと、親に決めつけられた。本当に落胆したらしい。新宿の歓楽街で働くなど、両親の考えでは、学生がすることではなかったのだ。親たちがわざわざその嘆きを留守番電話に吹き込んだので、知りたくもないのに、つくづく愛想をつかされたと分かった。

「みずきは十四も年上で、おまけに病気を患《わずら》っている。結婚するって言ったら、うちの親が彼女に何と言うか、分かったもんじゃないな」

だから今のところ、洋介は黙っている。

「俺……もし今、重い病気になったら、病気治療の承諾書に、あの親の署名捺印が必要なんだよな。事務手続きで疲れたみずきの気持ち、分かるよ。治療前に、一気に病状が悪くなりそうだ」

人は一人では生きていけないというけれど、この世の中は、一人では死ぬことも、病気になることもできないしくみになっているらしい。

「やってらんないよ。マスターなんか、あの歳まで結婚してないし、兄弟もいないんだろ？ いざ必要となったら、どうするんだろう」

まあ身内が全くいなければ、他の者でも署名はできるのだろうが、そこに行き着くまでの病院側とのやりとりで、自分は孤独なのだと思い知らされる。洋介はカウンターの内で、敬二郎ご自慢の料理レシピに目をやりながら、しかめ面を作った。男が料理上手なのは、独り者だからのような気がしたのだ。

その時急に、洋介の表情がぱっと輝いた。目の前にあったレシピノートにさっと手を伸ばすと、それを凄い勢いでめくり始める。

「木の葉を隠すなら、森に。紙を隠すなら、ノートの中に、だ。きっとここにある！」

今度こそ、見つかるかも……。客たちが、一斉にしゃべるのを止めたのが分かる。半分ほどめくったところで、手が止まった。紙を見つけたのだ。手に取る。一瞬、店中の視線が洋介の手元に集まった。

「……一〇〇％のオレンジジュースを一本、みずきのアパートに持っていくこと！」

くそっという声と共に、洋介は紙をくしゃくしゃにして捨てる。カーンと、スプーンでグラスを叩く音がして、客席にどっと笑いが起こった。今日も洋介は、婚姻届を見つけられそうにない。そろそろ敬二郎がみずきのアパートから帰ってくる時間であった。


「遅かったね、マスター。ちゃんと連絡はくれたし、俺は探し物をする時間が取れて、ありがたかったけど」

その晩、敬二郎が『酒場』に戻ってきたのは、真夜中近かった。もっとも新宿では、まだ大勢の人が、大通りを行き来している。最近すっかりサービスが悪くなったというのに、『酒場』でも多くの常連が、帰りもせずにくつろいでいた。

「何だい敬二郎、こんな時間まで帰れなかったとは、みずきと仲良くやってたのか？やっぱり頼りになる大人の方が、いいのかねえ」

店長と同年配の客がそう言うと、にたりと笑って洋介の方を見る。

「本当？」

慌てて聞くと、敬二郎は珍しく少しくたびれたようすで、カウンター席に腰をかけ、首を振った。

「今夜はみずきの調子が良かったんで、しばらくしゃべってたんだ。趣味のこととか、共通の友達のこととか」

『酒場』の常連の話で盛り上がった。みずきの両親が亡くなったときのことも、話題にした。大概のことは知っている敬二郎は話しやすいと、みずきは言っていたそうだ。

「そんな話をしたせいか、どうも……俺も、家族が死んだときのことを思い出してな。遅くなったことは分かっていたが、『酒場』へ戻る途中、しばらく新宿をほっつき歩いていたんだ。俺の家の者は四十四年前、ここで死んでるからな」

〝死〟という言葉を聞き、洋介は一瞬言葉に詰まり、黙って水を注いだグラスを敬二郎の前に置いた。マスターの言い方が引っかかる。

(四十四年前って、何だよ。マスターは一人っ子で……みずきみたいに、親が早死にしたということじゃないのか?)

敬二郎が一人で暮らしているのは承知していたが、何かいわくがあるとは、思ったこともなかった。だが、どうも考えていたのと違う気がしてきて、気になった。

「あの……昔、何かあったの?」

カウンター奥から敬二郎に尋ねると、思わぬどよめきが客席のあちこちから上がった。たくさんの目が、洋介を見つめている。

「こりゃまいった。洋介はいくつだっけ？　二十歳か」

「生まれたのは一九六九年ってとこか。若い者には、もう分からんのかね」

「マスター、終戦の年に、いくつだったんだ？」

「俺は……十四だったな」

終戦、と聞いて、洋介は思わず顔を上げた。

（ええと、確か昭和二十年が、第二次世界大戦の終戦の年だったっけ……あれは四十四年前か）

教科書で覚えた記憶があった。洋介の親の実家は東北の田舎にあり、そこは空襲を受けなかったと聞いている。もちろん出征した者は多かったろうが、都会や軍事基地のあったところとは、全く違った終戦を迎えた地域なのだ。当時幼かったという両親に、語れるほどの戦争の記憶はなく、洋介も実感として感じたことはなかった。

「そうか、マスターの家族は……東京大空襲のときとか、こっちにいたんだ」

「三月十日の城東地区の空襲のことか？　そいつはよく話に出るが、東京への空襲は、あの日だけだったわけじゃない。数十回はあったんじゃないか」

マスターは話し始めると、店が開いている時間だというのに、珍しくも酒を寄こせと言って、洋介の前にグラスを突き出した。ロックを作って差し出すと、カラカラと氷を回している。初めて聞く話は、目の前にいる敬二郎の青春時代のことなのに、ずいぶん昔の出来事みたいで、洋介には現実感がなかった。

4

「戦争末期、空襲が激しくなってきてな。家族の内、末っ子で十四だった俺だけが、先に田舎の祖父の家に行っていて、空襲を逃れたんだ」

兄は兵役に取られて、既に亡くなっていた。父は母や姉と、新宿で小さな食料品店を営んでいた。元々は酒場だったのだが、酒も満足に手に入らなくなり、商売替えをしたのだ。

店ではそれまでの客とのつきあいを頼りに、物不足の中、缶詰などを仕入れていたので、近所の人たちに必要とされていた。それで、家族そろって疎開するわけにもいかないでいたのだ。

終戦の年、田舎にいた敬二郎は、新宿辺りが五月二十五日の空襲で燃えたという噂を聞いた。急いで東京に戻りたかったが、あの頃は今と違って、すぐに汽車の切符を取ることができない。おまけに新宿駅そのものも、ほとんどが焼けてしまったという。

「それでも家族と連絡が取れなくなったんで心配だ。手を尽くして、俺一人が何とか東京に戻ったんだが」

新宿は、やはり焼け野原になっていた。街は方向感覚が狂うほど、姿を変えていた。そんな中でも人間とは強いもので、敬二郎が新宿にたどり着いたときには、既に闇市のようなものが、駅前の焼け跡にできていた。

自宅は焼け落ちて、真っ黒になった柱や瓦だけが残っていた。焼け焦げ、破裂したような缶の残骸が、庭に転がっていた。

家族の行方はそれっきり、分からない。焼け跡に遺骸はなく、だが敬二郎の両親も姉も、家の跡地に戻ってくることはなかった。捜すうちに、何人かの知り合いに出会えたものの、家族からの伝言や目撃情報はない。日が経つと共に、皆どこかで死んだのだろうと、覚悟するしかなくなった。

敬二郎はそれでも諦めきれず、街を歩き回った。しつこく捜したが、遺体すら見つけることが出来ない。爆撃や火事のせいで、誰だか見分けがつかない遺体も、珍しくなかった。既に身元不明者として、共同埋葬された後なのかもしれない。病気の発生が怖いから、大勢の遺体を、いつまでもそのままにしておくはずもなかった。

怪我人だって大勢いたし、生き残った者が、そのまま生き延びることすら苦労したときだ。敬二郎だけでは、それ以上どうにもならなかった。ひとりぼっちだった。それでも新宿を離れることができず、たまたま知り合った地回りの所に転がり込んでいるうちに、終戦になった。

「終戦後は戦中よりも大変だったが、そいつは俺だけのことじゃなかったから、仕方ない話だ。それから数年後には、じいちゃんも死んでな。あの時から本当に、一人になったな。驚いたのはそのあと、俺はあちこちの新宿の土地を、親からの遺産として管理していたじいちゃんから引き継いだんだ」

空襲で全てが丸焼けになってしまうことを恐れた父親が、土地なら残るからと、前から財産をつぎ込んで買っていたらしい。

「せっせと金の心配だけして、あげくに自分は死んじまって。何もかも放り捨てて、疎開してりゃよかったのに」

その後、国は復興していき、新宿の土地はほとんど人に貸した。墓もない親と姉が、最後にいた土地だからと、何としても売らなかった。そのうちに世の中も新宿も恐ろしく変貌して、もう昔の面影もない。

「売らなかったって……今も持っているわけ？　マスター、もしかしてお金持ちなんだ」

そういえば、『酒場』の入っているビルは丸ごと、マスターの持ちものだと洋介は聞いたことがある。あの時は、ホラを吹いているとしか、思っていなかったが。

「ふんっ、いくら持っていたって、俺もしばらくすれば墓の中へ行く。あの世じゃ、何の役にも立たんさ」

カウンターで静かに酒を飲んでいた敬二郎の機嫌が、だんだん悪くなってきた。目つきが鋭くなるので、すぐにそうと分かる。その雰囲気に遠慮してか、話が途切れたのに、誰も割り入ってしゃべり出しはしなかった。敬二郎は若い頃、居残った新宿で地回りに鍛えられた経験を持ち、腕っ節が強かったらしい。この歳になっても、結構一目《いちもく》置かれている。阿久根は敬二郎の喧嘩の弟子だということだ。

洋介は酒のお代わりを求められ、おとなしく注いでいると、敬二郎が不意に、にたりと笑った。

「みずきは、俺が土地持ち、ビル持ちだということを知っているぞ。嫌らしいやり方だとは思ったが、遠慮なく話させてもらった。結婚しよう、俺なら心残りがないよう、大概の贅沢《ぜいたく》は叶えてやれるからってな」

「あっ、金で釣る気かよ」

「あいつに、したいことをさせてやりたいんだよ。悪いか。えっ?」

「くっそー」

だがこの申し出には、みずきから笑いを返されたという。

「いざ、自分が本当に死ぬと思ったとき、あとやりたいことは何かと考えても、すぐには思い浮かばなかったとさ」

苦しんで死ぬのは嫌だ。一人ぼっちだと思い知ったのも、悲しかった。でも、気持ちが落ち込んでいて、体調も今ひとつなせいか、今さら美食をしたいとか、物が欲しいとか、そんなに思わないのだという。

だいいち、いつかマンションを買うつもりで貯金してきたので、みずきには金銭的余裕があるのだ。読みたかった本を買うとか、観たかった映画や芝居のための金になら、困ることはない。一番足りないのは、時間なのだ。

「今のみずきには、病気のこと以外は考えられないみたいだった。その彼女がたった一つ、やってもいいと言ったのが、今回の夫選びだ」

そう言ったあとで、敬二郎はグラスを握ったまま、ぎろっと洋介を睨んできた。本当に機嫌が悪い。それから大きくため息をつく。また、睨む。

「何だよ、マスター」

「……洋介、これからはお前一人で、婚姻届を探せ」

いきなりそう言われて、洋介は目を見張った。立ちすくむ。返す言葉が見つからない。何故だ、と聞いたのは、客席にいる阿久根だった。

「病気療養のために戸籍上の夫が必要なだけなら、みずきはすんなり、俺の戸籍に入ったと思うんだ。俺は歳だし、うるさく言う身内もいない。あいつとしても頼りやすいはずだ」

だけど……。

「みずきは俺と洋介に、宝探しをさせた」

ゴンッという音と共に、敬二郎が乱暴にグラスを置いた。

「あいつは、洋介と結婚してもいいと思っているって、それとなく皆に伝えたかったんだな。この期《ご》に及んでも、まだこいつに、はっきりと言えないみたいだが」

言われて、洋介は呆然となった。

「みずきは俺が好きなのか？　それなら、まどろっこしいことをしないで、さっさとプロポーズを受けてくれればいいのに」

「十四、歳が違うんだ。しかも女が上だと、何かと思うことも出てくるのさ。お前はまだ二十歳だから、もしこの結婚話が決まったら、親族だってきっと色々言い出す。違うか？」

阿久根の言葉に、自分がまだ、親にみずきのことを言っていなかった事実を、洋介は思い出していた。

敬二郎が、ぐっとグラスを前に突きだして、洋介に命令する。

「急げ！　何としてもすぐに、婚姻届を見つけろよ」

「今だって頑張ってるよ。でも……」

「そうして、俺を諦めさせろ。この歳まで一人でいた男が、結婚してもいいかなと思った女を諦めるんだ。いつまでも宙ぶらりんじゃ、かなわんわ。チクショウ、何で俺がこんなこと、言わなきゃならんのだ?」

目がつり上がって、三白眼《さんぱくがん》になっている。

「みずきも最期くらい、思い切り贅沢な毎日を過ごす道を選んだって、いいのになぁ。あいつの気持ちは分かっちゃいた。だけど、やっぱり頼れる方がいいって、気を変えてくれるかもと期待したんだが……」

実は最近、流行りのバッグとダイヤの指輪と豪華な着物を、みずきにプレゼントしたのだと、敬二郎が白状する。それを聞いて小さく笑いだしたのは、常連の大原《おおはら》だ。阿久根もにやにやしている。

「これでマスターは、生涯独身決定だな。どうだマスター、葬式出してやるから、全財産うちの組に残さないか?」

「極道やりすぎて、頭のねじが緩んだか、阿久根。お前が若い頃に、もっときっちり焼きを入れとくんだったな」

「おー、怖いねえ」

「だいたい何で、俺が結婚を諦めにゃならんのだ? まだまだこの先、大恋愛が待っているかもしれんのに」

「けっ、もう棺桶に片足と、もう一方の足の半分突っ込んでるくせして、何を言う!」

「そりゃいいや、マスター」

客も敬二郎も、酒とピーナッツだけで、驚くほど盛り上がっている。声が『酒場』にわいわいと響くなか、一人洋介だけが、どうにもならない感情を持てあまして、カウンター奥に立ちつくしていた。

「どうした洋介、早く婚姻届を探せ」

「……ねえ、マスター。俺が見つけたら、俺はみずきと結婚するよ」

「そうだな」

「マスターは、それが嫌じゃないの？」

「むかつくよ」

「なら何で俺に、一人で探せなんて言うの？」

「死ぬ前にお前と結婚できたら、みずきが喜ぶ。あいつには一番嬉しいことだろうからな」

それが大事で、他のことはこの際、考えないことにすると敬二郎が言う。客たちもそれを聞き、黙って頷いている。洋介はまた、戸惑った。

「俺は、目の前でマスターがみずきと結婚したら、ショックだよ。とても譲りますなんて、言えないよ」

「そりゃあ、洋介がまだ二十歳だからさ。若いときは恋すること自体に夢中で、他は目に入らないからな」

しかし敬二郎の年齢になれば、今日の出来事は、もしかしたらもう生涯で二度と経験しないことかもしれないと、実感できるようになる。

「夢が、夢のまま終わるかもしれない。もう新しい恋には、巡り合えないということもある。大事にしたい人に出会えたら、それだけで幸運だと、思えるようになる。みずきのことが大切だ」

「なんだかなぁ……」

洋介はやたらと差をつけられた気がした。自分のことばっかり中心に考えている子供と、相手のことを中心に思っている大人、という気がするではないか。ため息をつく。

敬二郎は、ダイヤでみずきの歓心を買おうとした卑怯者だが、それでもみずきのことを、心底心配している。

「俺は、大人びているって言われてきたのに、実は……ガキなのか」

「誰だって、年相応なんだよ。当たり前だろ。若いってことでいいこともあるが、歳を取った分を補ってくれる経験てぇのも、またあってな。人間、その年齢なりに良いところがあるよう、できているのさ」

もう一度探せと促され、洋介は歩き出し……またすぐに止まった。

「婚姻届を探し出せたら、マスターは、さみしい気持ちになるんじゃない?」

声を掛けた相手に、睨まれた。

「ああ、さみしいさ。悔しいさ。腹も立つ。お前を殴ってやりたくなる。保証してやる！　だけどぐずぐずしているお前を見て、いい加減イライラして、お前を怒鳴る寸前でもある。みずきの容態が急変したらどうするんだ。一回経験してるだろうが！」

病状は、こちらの予定通りとはいかない。分かってはいたが……。洋介は泣きべそをかいた後のような気持ちと共に、カウンターから離れた。奥の食料庫へ、もう一度探しに行くのだ。そこでなら、通りかかった客に、情けない顔など見られることがなかったから。

（婚姻届を見つける。俺は喜ぶ。マスターは落ち込む）

（婚姻届が見つからない。俺は泣きたい気分。マスター複雑。みずきは、呆然……かな）

どちらにしろ、全員にとってのハッピーエンドなど、望むべくもない。それでも時間は貴重で、洋介はせっせと、食料庫にある粉袋から再度確認し始めた。

5

洋介が缶のラベルに書かれた字を見つけたのは、偶然だった。棚に並ぶ缶を手に取ったとき、ラベルは紙でできているなと、ふと、そう思って、目を凝らしていたのだ。

もしかしたら、さっき聞いた敬二郎の話が、頭の中にあったのかもしれない。焼け野原となった新宿に残っていた、缶詰の残骸。印象的な話だった。

（ひょっとして）

独り者の敬二郎は、よく『酒場』で食事を作った。そしてそれを見て、我も我もと、食事をとりたがる客が増えていた。おかげで今や、『酒場』のマスターとウェイターは、腕の良いコックと化している。

敬二郎が、『酒場』が酒場であることにこだわったので、つまみ以外のメニューは置いていない。ただ常連だらけの店だから、皆が心得ていて、気楽に料理の注文がなされた。

そのため缶詰は、たくさん食料庫にストックしてある。大地震や台風が新宿を襲っても、まったく大丈夫な気がするほどだ。棚にずらりと並んだ缶詰の隣には、詰め替え用の香辛料の袋や、米や小麦粉が置いてある。その横には野菜が入った籠もあり、食材は豊富だった。

その中で洋介は、大きなホールトマトの缶を取ろうとして……すいと横のターメリックの方を手にした。小ぶりな缶のラベルの端に、思わぬ字が書き込まれているのを見つけたからだ。

〝幸運も不幸も、缶の中にある〟

見慣れた字だった。みずきのものだ。スパイスの入れ替えは洋介の仕事だったから、この一行は洋介へのメッセージに違いない。

「これ、きっとヒントだよな。いいのかなぁ、ちょっとえこひいきだ。嬉しいけど」

本当にみずきの気持ちは、自分の方へ向いているようだと思う。洋介は俄然張り切って、ターメリックの缶を調べた。しかし何も出てこない。

「この缶じゃないのか」

急いで他のものも調べる。ラベルの端が少し剝がれているものがあった。

そこに爪をかけ、数回紙を引っかけたら、めくれた。そのまま慎重に引っ張ると、軽く糊《のり》付けされていた数ヶ所が剝がれて、紙全部がぺらりと取れる。愛想もないスチールの円筒と長方形の紙が、目の前に並んだ。

「そうだ……ここなら隠せるよな」

缶にまず婚姻届を巻いて、上からラベルで隠してしまえばいい。『酒場』にある缶詰は業務用の大きなものが多かったから、さほどかさばった感じにならずに、できるはずだ。

頰が熱くなってきた。今度こそ目的のものに、辿り着くかもしれない。洋介は食料庫にどかっと座り込むと、うっかり婚姻届を破いてしまわないよう、慎重に缶のラベルを剝がしていった。

「三百二十五個！　全部確認したのに、何で見つからないんだ！」

小一時間も作業を続けたあげく、見事なばかりの空振りで終わった。

広くもない食料庫の中、洋介の周りには、ラベルを剝がされて見分けがつかなくなった缶が、ごろごろ転がっている。缶とラベルの間には、紙切れ一枚、挟まれていなかった。

「はあっ、思い違いかぁ……」

思わずため息がこぼれる。疲れがどっと押し寄せて来ていた。

「これ、元に戻さないと、まずいだろうなぁ」

スチールの上に直接記されている小さな表示を確認して、缶詰のラベルを全部また貼り付けておかないと、敬二郎が文句を言うに違いない。戻すのはずいぶんな手間に違いなく、おまけに期待とわくわく感なしの単調作業だ。洋介はすっかり脱力して、しばし立ち上がる元気もないまま、床にへばっていた。

そこに、いきなり山崎の声が、店の方から聞こえた。

「洋介、戻ってこい。今、店にみずきから連絡が入った」

具合が悪くなったようだ。一人で病院へ行ったらしい。敬二郎がタクシーを捕まえに、今、急いで表に出たという。

洋介は飛び上がるようにして、立ち上がった。その時、転がっていた缶に足を取られ、泳ぐような格好でつんのめる。脇の戸棚に体当たりをするようにぶつかって、うめき声をあげた。頭の上から空のスパイス入れが降ってきて、足元の床で、ぽこんと間の抜けた音を出す。

洋介はぐっと眉をひそめた。


病院に着くと、敬二郎が病室にいて、みずきに付き添っていた。病室のライトが絞ってあって、みずきの顔色が分からない。一通り先生に診てもらったから、もう心配はないと敬二郎が言った。

「新しい治療を始めたんで、みずきは少し体調を崩したみたいだ。ちょっと気分も落ち込んでいるかな。でも大丈夫だ」

敬二郎は今日も落ち着いて、ベッドの側にいる。でも疲れているのか、椅子に座ったまま立たなかった。

「遅れてごめん。ここに来る前に、やっておくことがあったんだ」

洋介はゆっくり二人に近づく。胸ポケットから紙を取り出すと、そっとベッドの上に置いた。みずきと敬二郎が目を見開く。みずきが上半身を起こそうとしたので、敬二郎が手を添えた。

「婚姻届……見つけたのね」

「どこにあったんだ？」

洋介がにやりと笑う。

「スパイス入れの空き缶に、隠してあったんだ」

「缶は俺も確認したつもりだが……」

敬二郎が戸惑いの声を出す。

「凝った隠し方、してあったよ」

洋介もみずきのヒントがなかったら、あそこまでしっかり缶を見なかっただろう。

「書類は空のスチール缶の内側に沿って、筒状の状態で入れてあったんだ。その上からアルミホイルを一枚被せて、隠してあった。最初に見たときは空だと思ったから、ちゃんと確認しなかった。簡単に誤魔化されてたよ」

みずきがベッドの上で、小さく笑う。

「なのに、見つけることができたのね。どうやって？」

「缶を落としたんだ。床で跳ねたとき、くぐもった音を立てたんで、分かった」

食料庫で転びかけ、つんのめって棚にぶつかったことは言わなかった。

見つけた婚姻届には、既に洋介の側の記入がしてあり、ちゃんと判も押してある。それを見たみずきの顔が、少しほころんだ。

「嬉しいなぁ。本当に私との婚姻届、出してくれる気なんだ」

顔が少し上気して、かげんが良くなったように見えた。

「でもね」

そこでみずきは、思わぬことを言いだした。

「でも本当に、役所に届けを出したりしなくていいからね。担当医の先生には、正直に身内がいないって言ったの。弁護士の山崎さんが、書類にサインをしてくれるって言うし」

「おいおい、じゃあ何で、こんな宝探しをさせたんだ？」

やや呆然とした顔つきで、敬二郎が問いかける。みずきはぺろりと舌を出した。

「悪いとは思ったけど、一回全部きちんと書かれた自分の婚姻届を、見てみたかったんだ。私だって、結婚したければできたんだって、納得したかったのかな。死ぬ前に」

「なら、届けを出したっていいじゃないか。俺はちゃんと、記入したんだから」

「止めとこうよ。結婚したら、健康保険とか住民票とか、手続きすることが山のように出てくるよ。私が死んだら、またそのやり直しになるし」

洋介はそこで大きくため息をついて、敬二郎に睨まれた。その不機嫌そうな顔の前に、もう一枚の書類を突きだしたら、敬二郎は目を丸くした。

「何だ、こりゃ」

「マスター、もう書類を見ることもできないくらい、老眼が進んだの？　ぱっと分かるじゃん。養子縁組をするための書類だ」

婚姻届と一緒に見つけたのだと言うと、ますます驚いた顔になる。

「誰が、誰と、いつ、どこで、何のために養子縁組なんかするんだ？」

さっきまで難しい顔つきで、落ち着き払っていたくせして、敬二郎が妙にうろたえている。洋介はみずきの方を向くと、顔を覗き込んだ。

「手間がかかるから、婚姻届は出さなくてもいいって言ったね。こっちの書類はどうなの？」

みずきがベッドの上で、えへへと笑う。

「あのぉ、宝探しを始める前、最初に阿久根さんが言ったこと、覚えてる？　私、決着がついたら、聞いて欲しい我が儘《まま》があるって」

「それが養子縁組？　みずきは結婚するより養女になりたいの？」

この言葉には、みずきの方が驚いたようすだ。また少し笑うと、首を振った。

「先がないのに、そんなこと考えないわよ。養子になるのは洋介。養父は敬二郎マスターよ」

「はぁ？」

指名された二人が、同時に頓狂《とんきょう》な声をあげる。

「何で？　どうしてそんなこと、考えたんだ？」

「最初にこの話を思いついたのは、阿久根さんというか、山崎さんというか、松尾先生というか……」

話は、阿久根と飲んでいたみずきが突然体調を崩し、医者にかかったときから始まったらしい。そして、妙な方へ転がっていったのだ。

6

勤めて二年、洋介は『酒場』での本格的な大喧嘩を、初めて見た。

『酒場』の壁際に待避した常連客たちによると、敬二郎が阿久根を殴ったのは、数年ぶりだという。敬二郎も若い頃は怖いものなしだったが、五十代後半となって、体力的に阿久根に及ばなくなってきたのだろうと、客たちは噂していた。

だが、目の前のぶん殴り合いを見ている限りでは、敬二郎はまだまだ現役、真正面から喧嘩が出来るようだ。床には一発でのされた山崎が転がっていた。医者の松尾の姿はない。無法地帯と化した『酒場』から、上手に逃げられたようだ。巻き込まれたのか、興奮しての結果か、何人かの客たちが参戦していた。

「マスター！　俺たちはみずきが一番明るい気持ちでいられるよう、考えただけだぞ。それのどこが不満なんだ！」

「うるせえっ。黙って勝手なこと、するんじゃねえっ」

怒鳴り合っているのは阿久根と敬二郎で、揉めた原因は、もちろん養子縁組の話だ。みずきから一通り話を聞いた敬二郎は、きっちり話し合いをすべく、もの凄い形相《ぎょうそう》で『酒場』に戻ったのだ。

だが案の定と言うべきか、話し合いはすぐに、殴り合いに化けていた。

「みずきは癌の宣告を受けても、しっかりしているように見えたよ。でもな、当たり前のことだけど、落ち込んだのさ。しかも、明らかに鬱《うつ》になったんだ」

「ごちゃごちゃ言わずに、結論を吐けっ」

言葉よりも早く、敬二郎の蹴りが一発、繰り出された。阿久根が手にしていた椅子の背が、見事に半分折れ、使いものにならなくなる。阿久根が無言で小ぶりなテーブルを持ち上げ、敬二郎に向かって投げ飛ばす。狙いは外れ、別の客の前に落ちた。テーブルの脚が嫌な音を立てて折れた。

「あーあ、揃いの調度品が台無しだ。せっかくの綺麗な内装なのに」

ぼそぼそとした声が下から聞こえてきたので、洋介が視線を足元に落とす。カウンターの内側に、松尾がしゃがみ込んでいた。

「先生、ここに逃げ込んでたんですか」

「外に出られなくってね。マスターが久々に癇癪を爆発させているようだ」

さらに椅子が一脚壊れ、壁に付けられたランプが一つ割れる。細い花瓶が店の中を飛行したところで、洋介が奥に掛かっていた敬二郎の帽子を取って、カウンターに置いた。

「賭けをするよ。賭け金はこの中に。さあ、この大喧嘩、誰が勝ち残る?」

「マスターと阿久根が残って、二人は相打ち」

答えが揃ってしまって、賭けにならない。それではと、派手に壊されてゆく調度品がどれだけ無事に残るかに、賭けの対象が変更された。これには可能性が山とあったので、よい賭け率となる。客たちが、残る調度品の数を書いた紙を金に添え、帽子に入れた。すぐに一杯になるほど集まってゆく。

「それで松尾先生、みずきが鬱を患うと、どうして俺が、店長の養子になる話が出てくるのかな」

カウンターに置いた帽子に、自分の賭け金を突っ込みながら、洋介がぼそっと言った。松尾の方を見てはいないが、声にドスが利いている。

「だからその……みずきは病気と分かったとき、自分が何のために生まれてきたのか、分からなくなったんだ」

「生まれてくるのに……理由なんか必要なの？」

思わず首を傾げた洋介を、松尾が苦笑いと共に見上げた。

「そういう気持ちになるのは、重い病気の患者には珍しいことじゃないんだ。みずきは独身で、子供もいない。彼女が若くして死んでも、仕事も周りも、それなりにやっていくだろう。待っているのは苦しい治療ばかりとなれば、鬱にもなろうというものさ」

自分の存在が、何の意味もなかったと思うのは、つらい。それならば、生まれてきた意味を彼女に納得させてやろうと、居合わせた阿久根と山崎と松尾が相談したのだ。皆、妻帯者で、洋介たちのようにプロポーズなどはしていなかったが、みずきのことは気に入っていた。

「最初に出た案は、みずきを結婚させることだ。幸い相手の当てがあった。みずきの興味を引くように、婚姻届探しの話をしたら、面白いと思ったみたいで、彼女はやってもいいと言ったよ。みずきが好きなのは、洋介、お前さんの方だとは思ったが、敬二郎マスターは頼りになる。病気で支えが必要だからな。彼が旦那になるのも、いいと思った」

しかしこの話でも、みずきの気持ちは期待したほど浮上しなかった。みずきは本当に結婚したら、二人のどちらかに迷惑をかけるだけだと思ったようで、計画の途中で、また大きく気持ちを落ち込ませたのだ。次の手が必要だった。

「それで?」

松尾の言葉が途切れたので、洋介が促す。しかし医者は、言いにくそうであった。お互い黙ってしまって、話が進まない。

「うわっ」

短い悲鳴が、ガラスが割れる大きな音に重なった。大騒ぎだった『酒場』の中が、急に静まる。床で松尾が尻餅をついて、顔を引きつらせていた。松尾の目の前で、洋介が酒瓶を叩き割ったのだ。店内に強烈なウイスキーの香りが漂う。

「だから何でそこで、俺が養子になる話が出るんだよ。ちゃんと説明しないと、今度は酒瓶を、頭の上に落っことすぞ」

新たな酒瓶をひょいと肩に担ぎ、松尾を睨む。すると、思わぬ方から返事が返ってきた。

「洋介、喧嘩っ早いなんて、変なところがマスターに似てきたな」

しかめ面で頭を押さえているのは、山崎だ。やっと目を覚ましたらしい。テーブルや椅子が散らばった客席の床で、上半身を起こし頭を振っていた。

「俺たちは、こう計画を立てたんだ。みずきがマスターと結婚したら、洋介を二人の養子にする。もしみずきが洋介と結婚したら、二人をマスターの夫婦養子にする。そういうつもりだったんだよ」

「夫婦養子？」

耳慣れない言葉に、洋介は思わずオウム返しにする。返事が返ってくる前に、休戦状態に入ったマスターが、まだ不機嫌そうな顔で、山崎に尋ねた。

「よくぞまあ、俺たちに断りもなく、そんな勝手なことを考えついたもんだ。それがどうして、みずきの鬱を晴らすことになるんだ？」

洋介が松尾を睨むと、医師は首をすくめている。山崎の方は、しゃあしゃあと説明を続けた。

「マスターは横着者だし、洋介は若くて意地っ張りだ。独り者で寂しかったり、実の家族と疎遠で、籍を抜けることには抵抗なくても、なかなか実際には、養子縁組なんて話にはならんだろう？　もし、みずきがそう望まなければ」

みずきは洋介とも敬二郎とも、けっこう気が合う。みずきがいたことで、二人がこの先家族のいる楽しい人生を送れたら、彼女がこの『酒場』にいた意味ができるのではないか。そう山崎たちは考えたのだ。彼女が生きていた証《あかし》が残る。

みずきはその考えを聞き、喜んだ……。

「家族のいる楽しい人生？」

洋介と敬二郎は、揃って声を上げたあと、お互いを見て……言葉に詰まった。〝楽しい人生〟という言葉の意味が、分からなくなったのだ。どう反応したらよいものやら、呆然とする二人のようすに、横で腕組みをしていた阿久根が、にやりと笑いを浮かべた。

「二人ともこの前、みずきの我が儘を聞くと約束したんだから、四の五の言わず、さっさと籍を入れろや。男なんだ。腹をくくれ」

「本当に養子縁組なんかで、みずきの鬱が治るのか？」

大いに疑り深げにつぶやく敬二郎に、店内の客たちから、一斉にブーイングが湧いた。

やってみたら分かることと、声が掛かる。しばらくののち、最初に口を開いたのは、洋介の方だった。

「……俺はみずきのためなら、養子でもなんにでもなる。だから……俺はみずきに心底惚れているんだから、人のことを考えてばかりいる前に、ちゃんと結婚しよう。今日病室であいつに、そう言ったよ」

すっと店の中が静かになった。皆が黙って洋介を見ている。横で敬二郎が、人が悪そうに、にやにやしていた。

「みずきが泣き出したんだ。そうしたら、洋介はしっかりとあいつを抱きしめてやっていた。いや、ほんの少しばかり、このガキを見直したね。まあ、みずきがメインで来るなら、仕方ない、洋介をおまけで籍に入れてやろうという気にはなったよ」

「ほう、ほう、ほう。決まりだな」

客たちが沸き立った。みずきと洋介は、とりあえず先に、婚姻届を出したのだ。残るは養子縁組だが、これには洋介の親が関わってくるので、勝手に届けを出すわけにはいかない。

「十四も年上で重病の女と、無断で結婚した洋介の決断を、がちがちの常識派だってい う両親が歓迎するとは思えないなぁ」

洋介自身が、いるだけで重荷の子なのに、また一悶着起きるわけだ。

「でもまあそんな状況なら、却って穏便に、養子にもらえるかもしれん。うまくやればな」

そのやり方を、阿久根が敬二郎に提案している。極道者らしく、金を遣えと言っているみたいだ。細かい法的手続きのことは、山崎が引き受けるという。

どうやら大変円満に穏やかに？　……養子縁組の話がまとまりそうだと見て、常連客たちが残った調度品の数を数え始めた。これ以上は壊れないと踏んだのだ。

「もったいない。四割方、家具が駄目になってるぞ。全く同じ形のものを買うのは、無理じゃないか？　こりゃ、テーブルと椅子は、全部買い替えだな」

この言葉を聞いた敬二郎が、正気に戻ったみたいな表情で店内を見回す。自分の闘いの結果を、やっと認識したのだ。

「……買い替える品は、アンティークものにするか。それだったら様式だけ揃えれば、形は多少違っていても、却って面白い。うん、その方が単品での入れ替えがきいて、うちの店では経済的だろう」

敬二郎が唸るような声を出している。その間にも店内では、歩くのに邪魔だと、客らが勝手に残骸を片づけ始めていた。

「賭けの結果は？　誰か当てた奴はいたか？」

「二人いた！　大原と松尾だ」

なんと勝者の一人は松尾医師で、逃げ隠れしていたくせに、賭けにだけはしっかり参加していたらしい。帽子から出され、半分に分けられた金が、松尾に手渡される。

それを横から、洋介が取り上げた。

「おいっ、何するんだ」

「結婚祝いの前払いだ。ありがたくもらっておく」

みずきと籍を入れたのだ。何かと物要《い》りだろうが、学生の洋介には金がない。まことに助かる臨時収入であった。

「こりゃあ残りの賭け金も、一人占めはできないな。まあいいや、みずきの結婚の前祝いをやるか。金は酒と肴の代金にしよう」

常連の大原が太っ腹のところを見せ、景気よく飲み食いがおこなわれることとなった。

洋介がちらりと敬二郎を見た。敬二郎が、

「まあ、こんな息子でも我慢してやる」

そう言ったので、洋介が中指を突き立てる。まことに仲の良い親子の誕生を祝って、半分壊れた店内に、乾杯の声が上がった。

洋介は結婚した。養子になった。みずきは一年間もちこたえ、その間、楽しく暮らした。やもめになったとき敬二郎がいてくれて、よかったと思った。

子連れのいい女と再び巡り合って、懲りずにプロポーズし、一緒になった。交通事故が起きて、あっという間にまた残され、幼い子供は実の祖母に引き取られた。その時、敬二郎の存在が本当にありがたいと感じた。一人きりだったら……いったい洋介はどうしていただろう。立ち直れただろうか。ちゃんと泣けただろうか。

でも洋介には、みずきが残してくれた家族がいた。

「みずきは俺たちにも、いいものを残してくれた。『酒場』の跡取りだ。これで俺が生きている間は、この店は続きそうだからな。好きに飲めるさ」

勝手なことを言っていた阿久根は、今、店に顔を出せないでいる。遠い場所に強制的に収容されていて、しばらく出てこられないのだ。

永遠の別れを告げることになった年配者もいたし、山崎のように、同じく弁護士になったという息子を、『酒場』に連れてきた者もいる。敬二郎の帽子は、すっかり賭け金入れ専用になって、壁に掛けられていた。

最初の結婚から七年が過ぎた一九九六年頃から、敬二郎は土地管理など、『酒場』以外の仕事を、洋介に押しつけることが多くなった。そろそろ楽して敬《うやま》われるべき年齢になってきたのだそうだ。

「けっ、勝手に言ってろ」

悪態はつくものの、洋介は働くことも『酒場』も、嫌いではない。だから今の生活に不満はないのだが、時々ふと、気になることもあった。

みずきがいなかったら……いや、あの時食料庫で、落ちた空の缶の中を覗き込まなかったら、自分は今頃どうしていただろうかと。缶の中で見つけたのは、幸運も不幸も詰まった未来だった。あの缶を手に取ったとき、運命の輪が回ったのだ。今から思えば、そんな気がしてならない。

この『酒場』が立っているのは、昔、敬二郎が住んでいた場所らしい。焼け野原になったあと、確か敬二郎は、ここで缶を見つけたと言っていた。焼け焦げ、破裂した缶だ。

(見つかったのは缶だけで、家族は皆亡くなったのだと、諦めるしかなかった)

だが缶のあった土地を売らなかったことで、今、敬二郎は裕福な身となっている。

(幸、不幸は誰の身にもあるけど……偶然だろうか、何だか妙に缶と縁がある場所だ、ここは)

しかしまた、ああいう運命としか言いようのないものと出合いたいかと聞かれたら、返事に詰まるところだ。あの時缶を手にしたあとに、大きな悲しみが待っていた。初めて好きになった女が、目の前で若くして死ぬのを見送った。心づもりはできているはずだったのに、そのことが、あんなに衝撃だとは思わなかった。

恥ずかしげもなく泣き、敬二郎に慰められ、それでもまだ一人になったとき、泣いた。みっともないと思っても泣けた。段々に気恥ずかしくなり、隠れてしゃくり上げていた。恋しくて惨めで情けなくて、ただひたすらに寂しかった。

その後しばらくは、街を歩いていて似た容姿の女性を見かけると、顔が強ばって息苦しくなった。結婚して喜びもあったが、涙が浮かぶような思い出も多く、記憶に残った。

「まあ、これ以上妙な缶と向き合うことはないだろうから、いいけどな」

それだけは、ありがたい。

『酒場』の中を見渡す。今日も常連客で賑わっている。敬二郎が、オーナーであるにもかかわらず仕事を放り出して、常連たちと一緒に客席で飲んだくれている。やれやれとため息をついて、味噌をつけた焼きお握りを用意し始めた。一通り飲んだ後に、敬二郎が食べたがるからだ。

「本当に、ここにいなかったら俺は……どうしてたかな」

考えても結論は出てこない。お握りがこんがりと焼けた頃に、洋介を呼ぶ馴染みの声が、客席から聞こえた。洋介は皿にどっさり焼きお握りを並べると、カウンターから出てテーブルに向かった。

終章

『酒場』は戦後数年経った頃から、新宿にある店だった。

店を開いたのは、五年前に亡くなった先代で、今の背の高いやもめの店長は二代目だ。客は、ほとんど常連ばかり。大変地味に営業していると、店長は言う。ひねくれ者のオーナー店長が、一般常識を忘れ去った経営をしているだけで、地味かどうかは疑問だと客たちはのたまう。

しかしそんな店にもかかわらず、常連客の親が子を、同僚を、親友を連れてくるので、『酒場』は毎夜、馴染みの顔で賑わっていた。

「俺が変わり者だって? 勘違いするんじゃない。お前さんたちとは違って、かくも生《き》真面目《まじめ》に、日々を送っているのに」

この馬鹿馬鹿しい店長の発言は、皆にあっさり否定された。酒場内の美しい調度品類を、日々破壊の危険にさらし、実際何度か壊しているのは、経営哲学を時々器用に忘れる店長であって、客ではない。いや、たまに、よんどころない事情によって、客が多少騒ぎに加わることはあるかもしれないが……いや、その、たまのことだ。

ある日『酒場』で、議論が行われた。その日は常連たちによって、店は貸し切りにされたのだが、「本日貸し切り」の札をドアの外に掛ける必要があるかどうかで、意見が分かれたのだ。

日頃常連しか来ない店に札は必要ないと、花立という強面《こわもて》を始め、半分の客がそう主張した。あとの半分の客は、それではいつもと変わらないんじゃないかと、首を傾げる。

だが結局、札は掛けられた。多くの客が気圧《けお》される花立の意見をあっさり退けたのは、飯田という名医だ。本人がそう言っているのだから、間違いなく名医だ。

客らは店の中で、いつ医者の世話になるかもしれず、また、実際何度も時間外勤務をさせているので、飯田に対しては立場が弱い。

「どうして飲んで楽しむ場所で、俺がこんなに仕事をする羽目になるんだ？　皆、もうちっとそこのところを、考えてみるべきだな」

この発言は医者として、大変もっともらしい。たまには立派な意見を言わなければならないと考えたのだろう。

しかし。

名医もアンティーク調度の破壊に、いささか……立派に貢献をしているという事実が、名言を奇妙なものにしていた。古参がそのことについて、思い出話を口にする。にっと笑って名医が黙った。

夜のニュースが流れる時間になると、客たちが店の椅子とテーブルを、勝手に移動させた。広い店内の中央に集めてしまったのだ。そこに店長とウェイターの健也が厨房から出てきて、斬新なテーブルの配置には文句も言わずに、その上に料理を並べた。

本日の料理は和洋中入り乱れ、豪勢なものばかりだった。しばらく無人島に流されていて、粗食主義者にならざるを得なかった者を、もてなす支度でもしているかのようだ。酒瓶も並ぶ。グラスの用意も万全となる。いつもならこの段階で、我先にと料理を空《から》にしていく連中が、不思議と誰も食べ物を口にしなかった。

そして待った。

皆、ドアを見つめている。

「遅いな」

「もう来るさ」

「道を忘れたんじゃないか？」

「それだけはないな。あいつは、ここに入り浸ってたんだぞ」

その時、ドアが開いた。

入ってきた男は、店長と印象が少しばかり似ていた。つまり背が高く、物騒な感じがするのだ。ただし、こちらは派手な縞《しま》の背広を着ている。昔と同じだった。

「阿久根、遅い！　ジジイになって、足元がおぼつかなくなったのか？」

花立が真っ先に駆け寄る。そこへ、ドアの前に立っていた阿久根が、突然もの凄いパンチを繰り出した。ばしっと大きな音が店内に響く。花立が平手で受け止めたのだ。

「それが久方ぶりの挨拶か！　俺は花立の仲間に、とっ捕まったんだぞ！　この野郎、分かってんのかっ」

「そりゃあ、承知しているさ。それが俺たちの仕事だからな」

にやにや笑いを浮かべているのは、警察関係者の花立だけではない。医者や大工や社長やサラリーマンの常連たちが、ひらひら手を振って、嬉しそうに挨拶をしている。山崎弁護士が阿久根に、たっぷりと注いだウイスキーのグラスを差し出しながら、ため息をついた。

「いらっしゃい。もう私の仕事を、増やさないで下さいね。私は早くに仕事からリタイアして、ゆっくり暮らすのが夢なんです」

「けっ、業突《ごうつ》く張り弁護士のくせして、無理で無駄な夢なんぞ、見るんじゃないわ」

阿久根は毒づくと、周りを見て、ふと眉をひそめる。

「こりゃ、誰だぁ？」

指差した先にいたのは比較的新参の客だ。ハンサムな男はマジシャンだと名乗った。そして隣にいる、赤と金の髪の若者を、まことに的確に紹介した。

「『酒場』に巣くって、悪徳店長の手下をやっている学生だ」

そのウェイター、健也の後ろから、ひょいと女の子の顔が覗くと、阿久根が目をまん丸くして、黙り込む。客たちがどっと沸いた。

「初めて会うんだな。のり子ちゃんだ。店長の一人娘」

「あの洋介に、こんな可愛い娘がいたのか！　お嬢ちゃん、将来凄い美人になりそうだな。おじさんをよろしく。阿久根だ」

差し出した手が、横からぴしゃりと叩かれる。いつの間にか店長が側に立っていた。

「のり子、今日は無礼講で、オヤジたちは全員、酔っぱらいという気味の悪い生き物に化ける予定だ。よって、店にいてはならん。早めに帰りなさい」

「おやおや、洋介お前、子煩悩なパパちゃんだったのか」

笑い出した途端、店長が腕を伸ばし、阿久根の肩をがばっと抱え込む。客たちが慌てて料理の大皿を手に手に抱え上げた。久々にヘビー級の一騎打ちが勃発したら、テーブルが全部ひっくり返りかねない。

だが店長は急に、あっさり腕を離した。阿久根に鋭い視線を向ける。

「なんだぁ？　花立と競うくらいごつかったのに、痩せたな」

「あそこで太れる奴がいたら、お目に掛かりたいね。日々、栄養管理の行き届いた粗食が食べられる。一回行ってみるか？」

店長は、粗食は趣味ではないらしい。「けっ」という一言で却下すると、テーブルの上を指し示した。

「近江《おうみ》牛のステーキ、ハムとマッシュルームのパイ、牡蠣《かき》の詰め物グラタン、なすとひき肉のムサカ、筑前煮、茶碗蒸し、鯖《さば》の味噌煮、豚汁《とんじる》、焼きお握り、アワビのカキ油炒め煮、毛ガニの姿造り、鶏の丸焼きローズマリー風味、無花果《いちじく》のワイン煮、カスタードタルト、ダンディーケーキ。それにチーズと酒だ」

阿久根に、食えよと言って椅子を引いた。料理は『酒場』でも、滅多に一度には出ない品数だった。

「野菜が少ない。健康に悪そうだ」

「好物ばかりだろ」

「食わんのなら、俺たちがいただくぞ」

客の一人が皿に手を伸ばすと、阿久根がさっとその皿を奪って、席に座る。皆の注目を一身に集めつつ、アワビをたっぷりと皿に取って、ほおばった。

「……ああ、懐かしい。敬二郎が作っていたのと同じ味だ」

しばらく、それは幸せそうに味わっていた。だがそのうちに、ゆっくりと阿久根の手が止まる。

「どうした？　会心の出来だぞ。美味いだろうが」

店長が眉をひそめる。客らが阿久根の顔を覗き込むと、大男は静かに泣きだしていた。箸を握りしめ、声もなく椅子の上で涙を流している。

「こら泣くな。でかい男が、恥ずかしい」

花立が苦笑しながら、頭を突っつく。だが、それでも阿久根の涙は止まらない。

「泣くなよなぁ。泣きたいのは、俺の方だったんだぞ。阿久根が店から消えたあと、今日この料理を出すに至るまで、俺は大変な目に遭ってきたんだ」

店長がぼやく。阿久根が悪友の顔を見た。

「お前さんが、なかなか帰ってこないから、店を閉めるわけにもいかなくてな。おかげでずっと、このとんでもない常連客たちにつきあうしか、なかったんだぞ」

この暴言に客たちが、盛大に文句を言い立てた。放っておいたら何をするか分からない店長から、店を守ってきたのは、仏心を持つ常連客だ。どう考えてもそれが、ただ一つの事実だった。

店長がその意見を無視して、さらに勝手なことを言う。

「おまけに、事故に遭って死ぬわけにもいかなかった。『酒場』が、相続税の物納に化けちまうからな。病死も同じく駄目だ。風邪をひくわけにもいかないし、喧嘩をするときも、つい健康を考え手加減をして、本気の勝負ができないし。つまらなかったぞ」

「店長！　喧嘩でいつ、手を抜いたんだ？」

「ここ何年かで、店の調度品がどれだけ入れ替わったか、覚えてないのか？」

「都合の悪いことは、忘れるようにしている」

面と向かってそう言われて、一瞬客たちが言葉に詰まり、黙り込む。これには阿久根も笑い出した。笑いつつも、まだ泣いているものだから、器用な奴だと店長に小突かれている。

「さあ、皆もグラスを持ってくれ。懲りもせず、阿久根が『酒場』に戻ってきた。こうなったら皆で一度、阿久根に言っておかなきゃならんことが、あるからな」

ウイスキーが、バーボンが、焼酎の古酒が封を切られ、注がれてゆく。柔らかな照明の下で、グラスの中の丸い氷が光る。

店長が酒を高く掲げ、阿久根に向かって、にやっと笑った。

「待ってたぞ、お帰り」

乾杯の声が店内に響く。

しばしばしと客たちが、阿久根の背中を、頭を、肩を叩いた。帰りが遅いと文句を言う者、留守中起こった、缶にまつわる話をしようとする者、店の中は話し声で溢れて、誰が何を言っているのかも分からない。料理が配られる。だが、相変わらず阿久根は泣いていて、あまり口に入らないようすだった。

「どうした？　皆今日は、明け方まで飲み食いするつもりなんだぞ。泣きべそなんて、お前らしくない。早々に酔ったのか?」

阿久根が店長の方を向き……ぼそりと言った。

「人間歳を取ると、時間にも体験にも重みが出る。ずしりと心にこたえるものが増えるんだよ」

だから涙が、止まらないのだ。

「おお。己の葬式が近い歳になったら、ぐっと、ものが分かるようになったな」

「馬鹿をぬかせっ。俺はまだ、うんざりするほど若いわ!」

阿久根は家に帰ったら、まず葉巻を吸って、贅沢な飯《めし》を食って、やりたいことを端からしてやろうと思っていたという。

でも。

「この店が変わらずに、新宿にあることを確かめるのが、先だったんだ」

どんな状況になっても、自分を待ってくれているはずの場所。阿久根は人が溢れる新宿の道を先へと走った。馴染みの階段を降りたところに『酒場』の地味な看板を見つけたとき、既に涙腺をぶっ壊しかけていたのだ。

今日《こんにち》、すっ飛んでいくような速さで、何もかも、さっさと変わっていってしまう。油断していると、一人置いていかれる。忘れられてしまう。だが、この店は違った。

その話を聞いて、店長も常連たちも、ただ笑っている。

「『酒場』は、そういうところだからな」

「ああ」

阿久根の泣き笑いの声が、また聞こえた。

「だから、ありがたい」

『酒場』の調度品は、これからも時々、壊れるかもしれない。客の顔もたまに……年月と共に変わってゆくだろう。店長のぶっ飛んでいる性格は……エスカレートしそうだと、皆が心配している。

しかし、時が経っても『酒場』は変わらずに、新宿にあるだろう。酒場にしちゃあ色気がない。だがいつでも仲間がいて、荒っぽい歓迎の笑顔が包んでくれる。

常連客がそうだと保証しているのだから、ここはそういう場所なのだ。

間違いない。間違いない。

解説

吉田伸子（書評家）

「酒場」という名の酒場。この、ちょっと人を食ったような名前の店が、本書の舞台である。その名の通りひとクセもふたクセもある店で、とある缶を巡る〝謎〟を真ん中に、六つのドラマが繰り広げられる。それが本書の大まかなストーリーだ。

日本ファンタジーノベル大賞優秀賞を受賞した『しゃばけ』でデビューした畠中恵さんは、今や第六作まで続いている〝しゃばけ〟シリーズの作者、というイメージが一般的に強いせいか、時代小説の書き手だと思っている読者も多いかもしれない。たしかに、〝しゃばけ〟シリーズの他にも『ゆめつげ』『まんまこと』『こころげそう』といった江戸時代ものも書いているし、畠中さんの著作は時代小説の数が圧倒的に多いのも事実だから、そういう意味では時代小説の書き手だという認識は間違いではない。でも、そういう認識の読者に、私はそっと耳打ちしたいのだ。「ねぇ、畠中さんの現代もの読んだことある？」と。「時代ものものもいいけど、現代ものものもいいよー」と。
そう、本書は畠中さんの現代もの、の小説である。『百万の手』『アコギなのかリッパなのか』そして『とっても不幸な幸運』。畠中さんにはこの三冊の現代もの、があるのだ。畠中さんのファンなら当然知っていることを敢えて書いたのは、〝しゃばけ〟シリーズ以外の畠中さんの著作、特にこの現代ものの三冊は、私が思っているほどには知られていないように思えるからである（少なくとも〝しゃばけ〟シリーズと比べると、ちょいとばかり分が悪い気がする）。

でも、畠中さんの現代ものを未読の読者は、幸せだとも言えるのだ。何故ならば、これからその面白さに出会えるのだから。〝しゃばけ〟シリーズとはまた違った畠中さんの世界を味わえるのだから。既読の私からすれば、逆に羨ましいくらいである。本書が畠中さんの現代もの初体験だ、という人は尚のこと羨ましい。現代ものを時代ものと併せ読むことで、その読者にとって畠中恵という作家の魅力が更に増すことは間違いない。

さて、ここからちょっと話が横道に逸《そ》れるのをお許し願いたい。それは、良い酒場とはどういう酒場か、ということだ。もちろん、その定義は人それぞれで、例えば、つまみはせいぜい乾きもの程度でいいので、とにかくいい酒を置いてあること、という人もいれば、酒も大事だが、つまみが充実していること、という人もいるだろう。酒もつまみも両方美味しい店がいい、という人もいるだろう。寡黙だが腕のいいバーテンダーのいる店、というのもあれば、カウンターを挟んであれこれ他愛ない話が気軽にできる店がいい、というのもあるだろう。一日の疲れを癒してくれるような、そんな一杯が飲めるところ、というのもあるだろうし、中には、美人のママ（イケメンのマスターでも良し）がいるお店、なんていうのもあるだろう。十の酒場があれば十の個性があるわけで、どの店を選ぶかは自由である。ただし、一つだけ共通しているものがある、と私は思う。それは、良い酒場とは、そこを訪れる者にとっての〝もう一つの家〟のような場所であること、だ。そう、良い酒場とは、大人にとっての隠れ家たり得る場所なのだと思う。

そういう意味では、本書の舞台となる「酒場」は、まさにそんな隠れ家である。三十代半ば、ガタイの良さを存分に生かした〝武闘派〟でもあるオーナー店長が仕切る店であり（現に「酒場」ではしばしばぶん殴り合いが行われ、その都度、店のアンティークで揃えられた貴重な家具調度がぶっ壊れる）、なおかつ一見《いちげん》の客はまずその店に入れない（常連客にしかドアが開かれない、とある〝秘密〟がある）、そんな店のいったいどこが隠れ家なのか？　と思った人は、本書を読めば分かる。結果的に常連しかいないお店、ではあるのだが、その常連にとってはまさしく「酒場」こそが隠れ家であり、一旦常連になってしまえば、「酒場」はとびきりの店なのだ。

現オーナーは、先代オーナー仕込みのバーテンダーとしての腕前はもちろん、気まぐれで作る料理の腕も抜群。本書に出てくる料理をざっと抜き出してみても、ソーセージとキャベツ入りのポトフ、熱いマッシュポテトに、おろしたゴーダチーズを混ぜ込んで作ったチーズシチュー、ハムとマッシュルームの辛味パイ、牡蠣《かき》の詰め物グラタン、等々、そのどれもが本当に美味しそうなのだ。あぁ、この一皿を肴に一杯飲《や》りたいなぁ、シングルモルトを、こう、きゅっとあおりたいなぁ、と思ってしまうほど。置いてある酒も、いい。12年もののラガ・ヴーリン、21年もののボウモア、カリラ……と、酒飲みなら垂涎《すいぜん》ものがずらり。こんなお店があったら、毎日でも通いたいくらい（とはいえ、「酒場」で過去に出入りを歓迎された女性の常連は四人しかいないので、女性の身には狭き門である）。

そんな「酒場」に、何故か次々と〝謎〟が持ち込まれるようになる。きっかけを作ったのは、店長の娘である中学生ののり子だ。のり子が「酒場」に持ち込んだ、百円ショップで見つけたという缶、その名も「とっても不幸な幸運」という缶が、そもそもの始まりで、何でも、その缶を開けた瞬間、見えないはずのものが見えるのである。のり子の場合は死んだ母親だった。そこから、のり子はあることを思いつく……。

物語は、缶を開けたことから始まる〝謎〟を、「酒場」のマスターとそこに集う常連客たちが推理し解明していく、というのが一話ずつ連作になっているのだが（最終話の第六話だけ、缶がらみの話ではあるが若干趣向が違う）、その〝謎〟はもちろんのこと、それぞれの〝謎〟ごとのドラマが読ませる。例えば第三話で缶を開けるのは、「酒場」

のウェイター健也で、彼は缶から出てきた大きなしゃぼん玉の中に、何人かの顔を見るのだが、それが自分とどういう関係にあるのか、まるで思い出せない。全員をよく知っている気がするのだけれど、知り合いの顔ではない、と言う健也の言葉に、店長と常連客たちの推理が始まる。そこから健也のドラマが浮かび上がってくるのだが、これがい い。これは、全六話に共通していることなのだが、各話で〝謎〟が解明された後に残るのは、ほんのりと気持ちが温まるような、柔らかで優しい読み心地、である。それが本書の美点であり、エンターテインメントの体裁をとりながらも、人が生きていく上での大事なことをそっと語りかけているのだ。

また、店長といい、曲者《くせもの》ぞろいの常連といい、本書は実に〝絵になる〟物語でもある。TVドラマ化されたら、キャストは誰に? などと考える楽しさ、が本書にはある。ちなみに、私の個人的なキャスティングは、店長には坂口憲二(ガタイの良さと武骨な優しさ、のイメージで)、のり子は成海璃子(正統派美少女!)、健也は小池徹平(雰囲気がそれっぽくないですか?)、強面《こわもて》の刑事、花立は遠藤憲一(個人的に好きな役者さん)、というもの。ああ、書いているうちに、本当にTVドラマでも見たくなってきた。「酒場」一のセットも見てみたいなぁ。どこかで実現してくれないだろうか。

(二〇〇八年三月)

本書は二〇〇八年三月に小社より刊行された
同名文庫の新装版です

双葉文庫

は-18-02

とっても不幸《ふこう》な幸運《こううん》〈新装版〉

2019年5月19日　第1刷発行

【著者】
畠中恵《はたけなかめぐみ》

【発行者】
箕浦克史
【発行所】
株式会社双葉社
〒162-8540 東京都新宿区東五軒町3番28号
［電話］03-5261-4818(営業)　03-5261-4831(編集)
www.futabasha.co.jp
(双葉社の書籍・コミックが買えます)
【印刷所】
大日本印刷株式会社
【製本所】
大日本印刷株式会社
【CTP】
株式会社ビーワークス

【表紙・扉絵】南伸坊
【フォーマット・デザイン】日下潤一
【フォーマットデジタル印字】恒和プロセス

落丁・乱丁の場合は送料双葉社負担でお取り替えいたします。
「製作部」宛にお送りください。
ただし、古書店で購入したものについてはお取り替えできません。
［電話］03-5261-4822(製作部)

ISBN978-4-575-52219-8 C0193
Printed in Japan

双葉文庫　好評既刊

行方

春口裕子

ある日、姿を消した我が子。見つけてみせる、必ず——。果たして家族の祈りは届くのか。二十年以上の時を経て、事態は大きく動き出す。交わるはずのなかったいくつかの人生が交錯したとき、浮かび上がる真実とは？　切ない想いが胸を満たすサスペンス長編。

双葉文庫　好評既刊

赤い刻印

長岡弘樹

時効間近の事件を追う、刑事である母。捜査線上に浮かんだ人物に、母と娘の胸中は――。ベストセラー『傍聞き』の表題作（日本推理作家協会賞短編部門受賞）の主人公である母娘が再び登場！　切れ味鋭く余韻が深い、長岡ミステリーの粋を集めた短編集。